艾安 著

艾安 著

序

我們在幾年前一門講課裡相識，當時課堂修讀學生有三百多位，我在講台上根本認不到學生。不過，每次中段休息或講完課時，總會有幾個同學來問些問題。艾安來見我，則是在學院的大樓。當時我們約了在 B 座的外欄閒談，大家談得很投契，真想不到一門這樣的通識科竟然吸引一位念商科的學生大發興味。你當時給我看的是正準備參賽的文章。商科同學有志於文學，實在難得，令人感動，令人鼓舞。今天，你大作完成，正要出版刊行，更是可喜可賀。

這篇小說，主題清晰，貼近現實，構意創新，描寫細緻，技巧閑熟，很有個人風格。一時感興，詩以勵之：

《艾安學棣新創小說刊行寄贈》

艾安構想越儕倫，落筆精思立意新。

布局雄奇多曲折，劇情豪宕力千鈞。

文辭鑄鍊成佳作，描畫纏綿盡寫真。

百尺竿頭勤邁進，魁星長耀映江濱。

馬老師

2021 年 6 月 22 日

楔子

二零零七年一月七號。

七名傳統名校的女生在該校四樓的洗手間中進行通靈遊戲。因為她們進行的時間是晚上時分，學生，教師以及清潔人員都已經回家休息了。整個學校被黑色籠罩著，學校旁邊的馬路已經沒有任何車輛駛過，只留下路旁孤獨站著的路燈。泛著黃色的燈光落在了馬路上，與四周的黑色相互交融，形成了一副充滿著不安感和期待感的畫面。

整個學校中，除了她們外，還有一個住校的保安人員。七個女生為了這次計劃編排了很久，才摸清學校人員的作息時間。即使通靈遊戲在眾人口耳相傳的話語中，已經證明了這些遊戲可能會帶來不必要的麻煩或者危險，但是她們並沒有因此而感到害怕。她們認為這一切只是遊戲，一切只是她們腦海中的幻想而已。這個時候由於環境安靜得有些詭異，終於有一個人忍不住說話了。

「我說你們怎麼那麼安靜？難道你們不覺得這種遊戲很刺激嗎？這種感覺真的很讓人興奮好不好？！」

「刺激什麼？！要不是跟你打賭輸了，誰想來這裡呀？這個恐怖的地方真的一秒都不想待下去了。真是太可怕了。」

「你別那麼掃興了！ 來都來了，不玩一下子怎麼可以呢？ 對吧！難道現在回去嗎？如果現在回去也太可惜了吧。」

「我的天哪！ 你選的日子也不選得好一點。誰都知道每年一月七號在學校都會有怪事情發生的！我真的不得不懷疑，你是不是故意選在今天玩遊戲的！」

「你不說。我還忘了呢。 話說今年的怪事情還沒有發生呢。也許，今年的怪事會發生在我們身上呢！」

那位女生說完了，便點燃了蠟燭并開始念起了咒語。她們七人把雙手弄成各種奇形怪狀的手勢。七個女生的手勢各不相同，要不是她們把那些手勢做得有板有眼，否則會以爲那些手勢是隨便亂造出來的。

那些經過幾分鐘後，蠟燭上的火焰開始了不規則的跳動，像是在回應著她們一樣。燭光微弱得只能僅僅照亮她們七人的臉龐。青澀的臉孔充滿著對未知的恐懼，但也充滿著對未知的好奇。周圍的環境被黑暗默默地吞噬著，她們招來的麻煩也慢慢地找上了門。

經過四個小時的遊戲後，七個女生想著了魔一樣迅速地衝到一樓，向著學校大門跑去。她們一邊狂奔，一邊尖叫著。她們的尖叫聲貫穿了整個校園，給原來寂靜無比的校園增添了幾分生氣。她們見了一個不應該見的東西，她們的眼神中充滿了恐懼和無助。對於她們來說，學校的大門就是希望和求生的大門。如果可以的話，她們希望可以時光倒流就當是這一切都沒有發生，什麼東西都沒有出現。但是，對於現在來說，她們後悔的機會也沒有了。

保安人員聽見了校內的尖叫聲後，從睡夢中醒來了。由於，他擔心學校會出意外，他連忙趕到校門口檢查校門有沒有被不法分子破壞的痕跡。正當他仔細檢查的時候，那些女生的尖叫聲再次傳入他的耳朵，刺激著雙耳的鼓膜。

那些女生的身影也逐漸從朦朧逐漸清晰了起來。保安人員回頭看了一眼後，也嚇了一跳，後退了幾步。因爲他沒有想到那麼晚了，還有學生留在學校裡。再者，她們還是連滾帶爬地往校門口方向奔去。即使是一位保安，但是對這種突如其來的狀況還是會感到詫異和恐懼的。但是基於職業素養，他還是不得不上前阻止了她們的去路。希望了解到底是什麼事情發生了，讓那幾位女生那麼驚慌失措。但是，保安人員想阻攔也阻攔不住她們。她們七人合力把保安人員推開。

保安人員對此感到更加奇怪。於是，保安人員就開始打開專用的手電筒並進行校內巡邏。進入四樓後，有一種感覺吸引著他進入洗手間中，就像是一種未知力量把他慢慢地拉進洗手間裡面。即使他怎麼用盡力氣去反抗，但是也沒有任何用處。此時，他的身體已經不是他的了，他失去了控制他自己身體的權利。保安只能默默地看著自己的身軀任人擺佈，一步一步地走進了洗手間。

從此，他就再也沒有出來。

事後，那七名女生相約定當天事情的細節誰也不能和任何人提起。

從那天開始，這個通靈遊戲也就成為了那七個女生的心結，一個她們一輩子也無法解開的心結。

那一名再也沒有出來的保安人員已經被證實死亡。經過調查後，死因是心臟病發。警察也認為保安人員的死因沒有任何值得可疑的成分，現場的佈置也過於陰森恐怖。對於一個沒有心理準備的人士進去並受到驚嚇，急性心臟病發死亡也不是一件奇怪的事情。警局的資料庫有著這種數不勝數意外死亡的案件，因此警方覺得保安人員的死亡不可疑。

事後，經過警察詢問過後，發現七名女生只敢說是通靈遊戲。但是，沒有說明到底是哪一種通靈遊戲。由於，案件過於詭異和七個女生未能配合調查。讓這件事件的真相沉於谷底。經過幾個月的調查後，警察依舊無法得到任何有關信息，無法確定七個女生是否有罪。最後，這一件案件不知道什麼原因被警方突然封存了起來。有關這件案件的文件少之又少，羣衆想自行探究真相更是難上加難。因此，這件案件不了了之了。

不知道是不是迫於輿論的壓力還是內心的譴責，那七個女生再也沒有出現在學校裡，就連她們最親的親人也杳無音訊。

據說，每年的一月七號的四樓洗手間中，依舊會傳出女生們的尖叫聲。

但是，在二零零七年後，那個洗手間就被長期封鎖了。

究竟是什麼或是誰在裡面發出尖叫聲呢？！

目錄

目錄

第一章：開始

我是一名警察。由於我是一位新人，所以只能跟著前輩做事。換一句話說，也就基本成為了別人的跟班。幾乎每天上班就要向別人喧寒問暖的感覺。每次，前輩有什麼身體不舒服或者是吃飯的生物鐘到了，他就會想起我的名字。我的名字也基本上成為了前輩的口頭禪。

在前輩不需要我的時候，我都會在辦公桌上輸入數據資料和統計資料。有的時候，我覺得我的工作更像是文職，並不是一位除暴安良的警察。

「新丁！我們有案件了！是時候讓你見識見識了！」前輩撓著鼻子說。

我：「好的。請讓我稍微準備一下一些錄音筆和筆記本之類的東西。」

前輩：「你準備那些東西做什麼？！你準備了也沒有用處。我們今天不去處理那些常有的案件。」

我：「什麼？！那會是什麼案件？」

前輩沒有回答我的話，而是默默地向門口走去。

我連忙收拾好我的東西，背上我的雙肩包向著門口跑去，趕上前輩的步伐。

到了現場，我才發現我們到達了我們城市中最為有名的「鬼校」。在網絡上關於這所學校的信息的確不少。可是，大部分信息並不是關於這所學校的招生狀況或者是學費等等，而是關於這所學校的都市傳說。這所學校的都市傳說一直充斥著網絡各大論壇。不管是什麼時候，在都市傳說討論區中，第一條鏈接肯定是關於這所學校的都市傳說。由此可見，這所學校在網絡都市傳說界裡多麼有名。據說，在一月七號是四樓洗手間的最邪乎的日子。

我和前輩踏入四樓的洗手間的時候，我感到一股涼氣從我的背後掠過。我感到一些不妥，我連忙打開了手機的顯示屏，才發現今天竟然是一月八號。竟然有那麼巧的事情？！在四樓洗手間裡面，已經有很多我們的工作人員。如果沒有猜錯的話，法醫和法證科的人員都來了。我還看見重案組的組長站在那邊思索著什麼，重案組的隊員一個

也不在。應該是去問有沒有什麼目擊證人了。

在洗手間中的詭異感正在倍增。

鏡子上面佈滿了大大小小的紅色五角星，四個角落和中央位置各放置了一支蠟燭。蠟燭地下還好像壓著什麼東西。我往前走過去一看，原來蠟燭下面還壓著動物。那五種動物各不相同，分別是：蝎子、蛇、蜈蚣、蟾蜍和蜘蛛。更加奇怪的是，他們的背上都狠狠地被人劃了一刀，那一刀壓根就是想把那些動物置於死地。

蜈蚣放在了中央位子，其他動物分佈在了四個角落。旁邊還有用粉筆畫成的人形圈子，很明顯是屍體被抬走了。由於，屍體已經被抬走，我不能對屍體有過多的猜測，只看見那個人形圈子彎曲，就像是一個人躺在地上捂住肚子一樣。我感到不解到底是什麼死因，會讓人這樣子死。我跑過去問了一下前輩。但是前輩用眼神看了看我，示意我不用再到處亂走。他的眼睛默默地觀察著四周，但是我實在看不出他到底在觀察著什麼東西。他就好像是一位世外高人，靜靜地觀察著這一切。

這時，法醫走了過來。

法醫：「謙，死者沒有外傷，而初步鑑定的死亡時間大概是五個小時以前。初步鑒定的死因是死於心臟病發。

但是，具體死因得回去總部解剖才能有詳細的結果。」

「好的。我知道了。還有什麼資料嗎？」前輩說道。

法醫：「目前還沒有。我得翻查一下醫院記錄，看一看有沒有關於他的信息。例如，有沒有疾病之類的。」

前輩：「好的。辛苦你了！」

這時，重案組的負責人過來了。他直接告訴我們，他的夥計已經從周邊地區拿到了一些錄像帶和詢問了一些證人。證人們都表示晚上有女生尖叫。但是，由於時間過晚，他們便沒有理會。重案組負責人還告訴我們，他們將會調查那些證人和錄像帶的事情。由於，現場的佈置過於奇怪，決定這一部分的調查就交給我們。話雖然是這樣說，但是重案組負責人肯定認爲這一部分的內容根本不重要，所以他才扔給我們。

大概等了二十分鐘，其他的夥計都走後，我和前輩便開始了仔細調查。前輩讓我不要亂走，因為人的步伐輕重可能給現場帶來不必要的破壞，從而影響調查結果。他安靜地觀察插在地上的白色蠟燭和地上的蜈蚣。我也開始觀察洗手間的環境佈置。大大小小的五角星佈滿了鏡子並且沒有任何規律可言，如果我的猜測沒有錯的話，應該是某些人或某人想遮住鏡子。鏡子會有什麼東西？為什麼要遮

住鏡子呢？

正當我想的入迷時，前輩拍了拍我的肩膀告訴我該走了。我趕快收拾好我的東西後，便用藍白色的封條封好了那一道洗手間的門，阻止他人進去。

正當我關上門的一剎那，我彷彿看到有兩個黑影 - 一大一小的兩個黑影。

第二章：調查

離開那一所學校後，我便和前輩來到了一個大排檔吃宵夜。

前輩：「新丁！經過我的帶領下，你學到了什麼？！」

我：「我好像什麼也沒學到。你只是讓我不要亂走。我只能用眼睛去觀察。」

前輩笑了笑：「對！很正確！你用你的眼睛觀察到什麼呢？你可別告訴我什麼也沒有觀察到。這樣子，你的檔案將會被我亂寫一通。」

我：「我觀察到的事情不多。只是在某些方面，覺得有一點奇怪。」

前輩：「沒關係。說說看吧！也許，我們兩個觀察到的可能有一些不一樣呢。調查案件本來就需要集思廣益

的。」

我：「我覺得這應該是學生玩的遊戲罷了。即使，他們玩得遊戲比較奇怪，但是可能是屬於釋放學習壓力的方法。讀書壓力可能比較大，所以才玩那些詭異遊戲的。那些尖叫應該就是來自那些學生的。只是，我沒想到晚上學生怎麼還會留在學校。這是一個值得調查的地方。」

前輩：「不錯。這個方向也許能成為我們的調查目標。還有什麼嗎？」

我：「還有，就是那些蠟燭和動物是一個頗爲奇怪的地方。我覺得他們在玩類似通靈遊戲的東西，也許是比通靈遊戲可怕得多的東西。」

前輩：「很好！但你還是忘了一樣東西 - 白色的蠟燭。今天晚上，你把你所看到的東西都在網上查找一下。看看有沒有什麼線索。很明顯，重案組現在把有跡可循的東西全都拿走了。我們現在只能靠網絡了。如果有時間的話，順便把學校的概況也找一下吧。」

****

回到家後，我打開了電腦搜索。

那些結果和我的想象沒有太大的出入。把那所學校的名字輸入在搜索欄中，出現的也幾乎全是關於都市傳說的內容。其中裡面都市傳說的種類什麼類型都有，例如：洗手間中有水鬼、早上數樓梯和晚上數樓梯數字會不一樣、鏡子有鬼影等等。這些所謂的都市傳說，我以前在網絡上已經看過無數遍了。這些都市傳說幾乎全部都大同小異，和其他地方的都市傳說基本上沒有什麼大的分別。基本上都會註明是真人真事的標題，吸引人的好奇心。雖然，那些都市傳說的確能給我些關於那所學校的信息，但是大多數都是沒有用處的。

於是，我把一月七號增添在搜索欄上。

結果，搜索出來的答案不像剛才那樣氾濫。從剛剛的幾百條鏈接變成了現在二十條不到的鏈結。那些鏈結主題並沒有像剛剛那些註明真人真事，而是寫著「信不信由你」。

我點擊了進去，發現這些鏈接有一個共同點 - 一月七號的四樓洗手間是最詭異的洗手間。那些內容大都描寫那個洗手間裡面住著一些鬼魂，那些鬼魂貌似都被封印住在那個洗手間裡面，而且還是千年陰魂不散。由於封印過久，他們會在一月七號有短暫的休息期。他們會在那些從封印的地方跑出來，惡搞別人。但是他們都是沒有惡意的，畢竟可能是他們被關在裡面太久了。

雖然這個信息沒有給我什麼具體的信息內容可以參考。但是，可以說明的是一月七號這個日子對著那個洗手間，乃至那所學校有著與眾不同的意義。這個日子的背後含義在網站上沒有寫，但是我也不能排除隨便編上去的日子的可能性。因爲沒有人可以證明網站上寫的東西，是百分之一百真實和正確無誤的。

我在網站上搜索了另外一個線索就是白色蠟燭。網站上寫，白色蠟燭一般情況是不可以用的。因為西方相信白色蠟燭是能夠招魂的，而且是可以召喚惡靈的。西方已經有很多人用白色蠟燭招魂已經闖禍了。闖禍了的人們中，幾乎百分之百就是被嚇得精神失常。即使，醫學報告他們是受到驚嚇才會變得不正常，但是坊間人們卻相信，他們的魂魄是被不知道什麼東西勾走了，或者是被鬼上身了。但是，對於真實的情況人們都認為有待討論。因為，信仰科學和坊間的人都各執一詞。

得知白色蠟燭的情況後，我也打上那五隻昆蟲的名字搜索欄上。

蜈蚣、蝎子、蛇、蜘蛛和蟾蜍被人稱為五毒，以蜈蚣為五毒之首。鑒於是五毒，所以東南亞有很多人拿五毒作為巫術的材料。其中，蟾蜍在東南亞甚為流行。由於蟾蜍十分容易在東南亞找到，所以蟾蜍的巫術在五毒中可以媲美蜈蚣。雖然五毒裡面各有優勢，但是分開使用並不是最好的。五毒最厲害的地方是可以一起使用進行巫術的，五毒中不會有相剋，還能互補長短。但是，一般人不會用五毒一起進行巫術，除非那人是和受術者是世仇。因為用五毒作法的人，一般都會受到同等的懲罰，更嚴重一點的則是施法者喪命。

經過我的搜索後，我發現有一個點是比較滑稽的。為什麼東方巫術和西方的通靈遊戲能夠聯繫在一起？難道這是一種比較新穎的通靈遊戲嗎？還是這個所謂的儀式只是一種想忽悠我們的擺設，但是目的又是什麼呢？如果白色蠟燭是召喚惡靈的話，那麼在白色蠟燭下面壓著五毒的話，召喚出來的會是什麼東西呢？

這時，我只知道現在這個擺設完全超出了我的認知。連我這個經常在家瀏覽各大論壇的人，也沒有聽過這樣子的玩法。我只希望這次案件只是一件普普通通的，沒有任何鬼怪的案件。因為警察介入通靈遊戲案件而喪命或精神失常的傳聞非常多，經常可以在論壇上看到。即使網絡上的東西不能完全相信，但是也不會空穴來風吧。

到底這件事的真相是什麼？

第三章：重案組

隔天早上，我來到了辦公室。我看見前輩已經到達了辦公室并開始了他的工作。他看見我的到來後，便向我走了過來並向我詢問昨天我查到些什麼內容。我把我昨天查到的內容都和他匯總了一遍。他聽得目不轉睛，或時點點頭。即使有些內容他有點不解皺起了眉頭，但是他沒有打斷我繼續讓我說下去。他聽完後伸了伸懶腰，便開始閉起了眼睛深思了起來。

過了良久，他的眼睛重新張開。但是，他沒有對我查到的內容作出任何點評。

他看了看手錶，說道：「是時候該走了！」

我：「去哪裡？我才剛剛回到辦公室。」

前輩撓了撓鼻子：「別想多了！不是下班，我們去重案組拿資料。」

****

重案組可以說是在警局中較為重要的角色。只要有什麼在社會上引起轟動的案件，他們都會在那些案件上插上一腳進行干預，即使有的案件不在他們的職責範圍之內。在電視節目中，重案組往往都是重點採訪對象。這種感覺就好像是重案組是整個警局的代言人一樣。其他部門人員擔任受訪人的機會少之又少，幾乎是不存在的。也許，是因為這個原因，重案組也認為他們自己這個部門比其他部門更加重要，更加引人注目。換一句話說，有的時候他們的氣場會伴著目中無人的感覺。這種感覺實在是讓人感到厭惡！

重案組負責人終於到來了，但是並沒有準時到達。遲到，也幾乎是他們重案組部門的一貫作風。重案組負責人對於他的遲到感到抱歉，同時也告訴我們，他們的部門人員之所以不能準時到達是有原因的。原因就是他們的上司給了他們部門有許多工作。然後，他就用這不屑地眼神看了我們一眼。

重案組負責人指著一個袋子：「這一袋子東西就是那天我們重案組查到的線索內容。裡面都是一些證人的口供

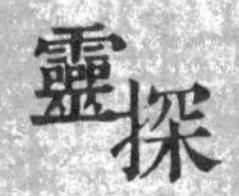

和那天攝像頭的錄像影帶等等內容。我和我的夥計都已經看過無數遍了。感覺裡面沒有什麼特別需要留意的內容。那些證人口中的尖叫聲證實屬於來自該校的七名女生了。」

前輩：「那麼，那七名女生有什麼特別或值得調查的地方嗎？或者她們現在有什麼異常之舉嗎？」

重案組負責人：「這個問題我們重案組部門還在調查。由於，目前還沒有確切的結果。所以，現在並不方便透露。我們估計還需要兩個月的時間才能給你們這次案件的具體信息。」

前輩：「那我們可以拿走那些資料嗎？」

重案組負責人點了點頭：「當然可以拿走了！畢竟，我們都看過裡面並沒有什麼特別的東西。如果你們想看的話也可以，反正你們有很多時間可以浪費呢。」

重案組負責人說完這句話後，以勝利者的姿態把那袋子的東西遞給了前輩。

前輩接過東西並且道謝後就拉著我走出了重案組的辦公室。

前輩在路上邊走邊問我：「你覺得剛才怎麼樣？有學到什麼東西嗎？」

我：「我覺得他們的態度有點問題，有點自以為是了。

都是同事，為什麼說話要那麼難聽和苛刻呢？這和傳聞中的重案組沒有什麼區別！」

前輩抓了抓頭：「也許吧。畢竟可能我們在他們重案組這個部門眼中是一個微不足道的小部門而已。即使，我們這個部門做了什麼了不起的事情或者是發現了什麼重大線索，但是所有的功勞都會被他們抹去，乃至順手牽羊。」

我無奈地搖了搖頭：「這是非常可惜的。難道我們這個部門肯定沒有發光發亮的一天？！這很讓人惋惜的。」

前輩拍了拍我的肩膀：「別這樣。沒事的，世界上無可奈何的事情很多的。何必之糾結於這一件事情上呢？回歸正題。你剛才有沒有從重案組負責人得到了什麼和本次案件有關的信息嗎？」

我：「好像沒有什麼特別的。甚至有一種感覺是我們今天白去了重案組辦公室了。那個重案組負責人好像有意隱瞞著什麼信息似的，不想讓我們知道。」

前輩突然語氣變得十分激動：「沒錯。重點是他說過七個女生。其他東西根本不重要，基本上毫無用處。那個袋子裡面的東西可以說是和垃圾沒有什麼區別。如果有用，他們大可以留著調查，然後去電視上邀功升職之類的。但是那七個女生完全是重點。因為他完全沒有告訴我們那

些女生的基本信息。我有理由相信那七個女生是破案的關鍵！」

我感到不解：「但是，我覺得奇怪的是，他們為什麼要兩個月才可以告訴我們他們的調查結果呢？這樣的辦案效率有點強差人意了吧。」

前輩：「這一點你可想多了。重案組那些人狡猾得很。他是準備在兩個月後，也就是這件案子完結調查的日子向大眾公佈。這就是他兩個月後會告訴我們調查進展的潛台詞，也就是他們想邀功。」

我對他們的台詞能力深感佩服，也許這就是那些高官們語言的魅力吧。

我拍了拍那個袋子：「那我現在是需要回去調查那七個女生嗎？還是回去看錄像帶子？」

前輩：「你先別去調查那七個女生了。這幾天也不要去。懶得遇上那些重案組的人員。那些帶子你也不要仔細看了，認得那些女生的面孔就可以了。證人那些，你可以遲些去調查一下。但是，現在你先陪我去一個地方。」

我摸了摸頭：「哪兒？」

前輩：「醫院！」

第四章：醫院

踏進醫院後，裡面的氣氛變得異常寧靜。醫院那道門就像是一道分界線，裡面和外面就是兩個完全不同的世界。

前輩並沒有在門口長時間逗留，而是到醫院的各層轉了一轉。他這樣做的目的，我也不知道為什麼，只是覺得他應該是在感受醫院的氣氛。每到醫院一層，他都會合上眼睛和手，做了一個類似祈禱的手勢。他那樣專注的樣子，有一剎那我還以為他是醫院病人的家屬或是朋友。

等我們轉完醫院所有樓層後，我們回到了一樓。一樓的情況和剛才沒有什麼特別大的區別，還是那樣人頭攢動。

在一樓等了幾分鐘後，一個穿著白色衣服女士走了過來。她的秀髮隨著她的步伐緩緩飄起，她的眼睛伴有著那種引人注目的魅力。可惜她戴著口罩，如果沒戴的話醫院

裡面人可能都會忍不住多看她幾眼吧。

她向我們介紹她是那天現場法醫的助手，並告訴了我們，法醫現在已經把驗屍房準備好了，我們現在可以過去了。她領著我們走進了工作人員的通道。工作人員的通道又是和外面不一樣的世界。

工作人員彷彿都是一些沒有靈魂的行屍走肉似的，在通道上徘徊。仔細一看，不對，他們並不是沒有靈魂的。他們的眼睛泛紅，血管就像鐵路一樣佈滿了他們的雙眼。這種情況應該是過度疲勞而導致的。準確來說，他們的靈魂被疲憊疲勞一一操控著。

****

我們三人終於進入了驗屍房。

驗屍房裡面的寒氣著實逼人，這種程度的寒冷果然名不虛傳。即使穿著有著特殊手術服，我還是都被這樣的環境冷得瑟瑟發抖。驗屍房中，有一位法醫坐在那邊默默地玩著手指等著我們。她好像沒有感到這個房間裡面異常地寒冷，也許對於她這種身經百戰的人早已習慣了吧。

一看見我們，她親切地歡迎我們：「終於來了。歡迎你們！」

前輩笑了笑：「這種情形就不需要歡迎了。歡迎我們？

這好像有點奇怪吧！」

法醫尷尬地笑了笑：「也對。快過來吧！我總結了一些東西。你們應該會感興趣的。」

法醫便領著我們到了驗屍房的桌子那邊，讓我們坐下。她從一個袋子中拿出了一些照片和一些筆記。她告訴我們，這件事有一點蹊蹺。死者已經被證實是死於心臟病發，這是不容置疑的。

同時，法醫也求證了死者常去的診所，證明死者確實是有心臟病，而且不是這一天兩天的事。而且，死者死的時候手是捂住肚子的，并不是像一般患有心臟病的人似的 - 手捂住他們的心臟。更加詭異的是，死者的肚子上有一條黑線，就在他捂住肚子的地方。但是，這一條黑線不是傷口，而是像是一些烙印之類的。

法醫把那些照片遞給了我們參考，讓我們看看有沒有什麼新的重要發現。當我看見那位死者的照片時，一種想嘔吐的感覺油然而生。這個死者實在太奇怪了。先不說眼睛深深地凹了下去，就像是眼睛沒有了一般。嘴巴那邊地方都嚴重潰爛，還有那些手指甲參差不齊，好像受到過別人嚴重的啃食似的。肚子上那一條黑線肯定不是一條黑線那麼簡單。那條黑線就像是刻在了肉上，並不是只是單純

地刻在肚子皮膚上那麼簡單。

由於，有過多的疑問，我想了很久也沒有想到什麼合情合理的答案。

於是，我就問法醫：「眼睛深深地往裡面凹是什麼原因？此外，還有那些手指嘴巴，為什麼會那樣子？」

法醫轉向了我并開始了解答：「眼睛深凹的原因，我們暫時沒有特別的調查，但是應該和心臟病或是一些隱性疾病有關。你注意到的嘴巴潰爛和手指的問題。我們都已經交給了重案組。重案組說他們會全權負責一律我們法醫組解決不了的事情。」

我繼續追問下去：「那你覺得這件事情有沒有什麼值得可疑的地方。」

法醫托了托眼鏡：「怎麼說呢？有或者沒有。值得可疑的地方就是那些你說的那些情況和黑線。我覺得最不可疑的地方就是心臟病發了。一般人到達那些場所，很容易會被嚇壞。況且，死者是一位有心臟病前科的人。所以我覺得不可疑。你們查到些什麼內容嗎？」

我失望地說道：「沒有，都是一些都市傳說的內容。」

法醫情切地笑了笑：「沒關係的。反正現在看來，任何情況都有可能發生。有的時候，也許科學並不是唯一的準則。」

聽到這一句話後，我就些許明白了法醫的想法。她也可能覺得科學並不是這個世界上唯一的真理吧。對於她這種飽讀詩書的人，竟然有這種想法，我實在是有點吃驚。我還以為世界上的那些科學家和專業人士，都只會以科學作為唯一的標準。

我向她請求可不可以看看那具屍體的實體。我實在是很想看看那一具屍體的黑線到底是什麼？因為照片實在是沒有辦法給我太多信息。也許，親眼看到也不了解。但是，最起碼也得試一試。

法醫把我領到了那些格子墻。與其說是，格子墻還不如說是屍體墻更加確切一點。因為裡面都是裝著的，都是那些已經開始長眠之人。正當她緩慢打開格子開關時，一股緊張的感覺不知不覺地侵入了我的心。即使我以前在警察學校和網絡上看過不少屍體的照片，但是那麼近距離地觀察一具屍體還是第一次，心情也慢慢地變得沉重了起來。

那具屍體其實沒有和照片上的有什麼巨大的區別。我在乎的不是別的，我只是在乎他身體上的那一條黑線。那一條黑線像是死死地附在了他的肚子上，就像是一個烙印。但是，讓人感到奇怪的是黑線周圍的皮膚和普通的皮膚沒有什麼特別的。黑線大概有一隻小拇指那樣粗。由於現在沒有任何具體線索可以去推敲，以至於黑線也不好猜測是什麼原因造成的。

那條黑線到底是什麼？

那條黑線到底是什麼原因造成的呢？

第五章：第八人

一個半月過去了無聲無息地過去了。讓人不感到意外的是，重案組沒有背叛承諾。他們並沒有提早給我們任何資料。我對他們這樣子的做事方式感到相當不滿，但是也無可奈何。因為眾所皆知，重案組畢竟是警隊最為重要的一支隊伍。就連上司也會幫著他們。

投訴？對他們是沒有任何用處的。任何投訴他們的信件，最終的去向也只會是垃圾桶。這已經是警局的不明文的遊戲規則了。上司就很像是他們的免死金牌似的。想投訴成功，這種事情基本上只會在夢境中發生吧。

但是，在那一個月中，我也不是什麼也沒做的。我翻查了那些錄像資料和口供。那些口供簡直就是千篇一律，基本上可以算是複製黏貼之作。口供沒有什麼出入這一點

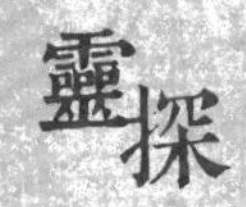

是最不好的，原因是警方根本就是無從入手。沒有什麼值得可疑或者留意的疑點，這些無疑是增添了我們查這件案子的難度了。那些口供無非都是說深夜時分，有女生尖叫在路上迅速地奔跑。由於，那些女生屬於在深夜擾人清夢，那些證人也沒多在意，只是罵了她們幾句或是隨便抱怨了幾句就完事了。

那袋資料重點是那些錄像資料。我不知道重案組人員有沒有拿走對於他們比較重要的部分。那些錄像資料也有值得留意的事情，可惜就是案發時候在深夜，清晰度完全不夠。只能依稀地辨認出那七個人是女生以外就沒有什麼進展了。讓人感到奇怪的是，她們只是進去了洗手間四小時就已經面目全非了。她們簡直就是變了另外一個人似的。四個小時前，她們七人畏畏縮縮地進去洗手間，她們中的兩人手裡拿著兩個大袋子。如果沒有猜錯的話，應該就是那些蠟燭和那些動物。由於，袋子並沒有什麼跳動的跡象，我猜測那些動物應該在進入洗手間之前全已死亡，或是已經被她們用藥迷昏了。這一個片段並沒有什麼可疑之處，唯一能肯定的她們肯定不是一時興起，而是有計劃進行這一次活動的。

第二個片段攝於她們進行儀式的四個小時。四個小時中，她們沒有從洗手間出來過，也沒有人從外面進去。這兩個線索非常重要，因為說明現場只有她們七人。由於，攝像頭是安裝在洗手間外面錄像的。對於她們在那四個小時中做了什麼事情，我們就沒有任何辦法得知了。

其實，辦法還是有的，就是直接再去向那些證人錄口供，去猜測案件發生的經過。錄口供的困難有兩個，一個是重案組的人員不停地對這件案件調查進行非必要的阻撓，畢竟他們不想我們把重案組光榮的功勞搶去了。第二個原因就是，我們組并沒有像重案組一樣遼闊的人脈進行調查。

重案組之所以是重案組，並不是他們調查案件的方法有多麼地精明和謹慎。而是在於，他們擁有著整個警隊有先進的資源。警隊行動的預算，他們無疑是拿到最多的。如果，讓我們組，從那一段模糊不清的視頻中找那七個女生到底是誰，簡直就是不可能的事情。如果可能，也是大海撈針罷了。但是，重案組不一樣，就算是只有一隻鞋，他們也能找出鞋子的主人到底是誰。

他們的人脈網絡遍佈了城市的每一個角落，就連街道上賣魚丸的老翁也有可能是他們的線眼之一。這就是我們組合重案組的區別。但是，就目前的情況來看，錄口供的用處也不大。那些證人也不能提供對這起案件有重要作用

的信息，他們的口供也只能確定尖叫聲的主人和發出尖叫聲的大概時間段而已。除了這兩個作用，我就沒有想到另外潛在的作用了。

問題出現在第三個片段中，第三個片段是三個片段中最為詭異和靈異的一個。在四個小時後，那些女生瞬間從洗手間跑了出來。在她們跑之前并沒有什麼特殊的前兆。即使我坐在電腦前，也不由得被她們這種行為嚇了一下，畢竟沒有任何心理準備。她們跑的速度已經不是普通奔跑的速度了，幾乎是想急速逃離恐懼的速度。她們跑的時候，完全沒有時間擔心身後的狀況，即使後面有人摔倒了，也沒有人去幫忙。那個摔倒的人只能連滾帶爬地逃走。這樣子就可想而知，當時的情況是多麼地可怕。即使知道她們這種情況，我也只能愛莫能助了。因為我即使有了錄像也根本無法知道，她們怕的是什麼。我歎了一口氣，心想這次又是沒有什麼發現。

正當我想關閉視頻視窗時，我看見還有一個人影在洗手間中緩慢地走了出來。

一開始，我看見那個黑影還以為我是因為疲勞過度而產生出來的。正當我重新回帶并開始數人數時，發現這個現象並不是因為我而產生的。而是確確實實出現在屏幕上。

我已經認真反復地數過人數數次，發現那七個女生肯定都是最先跑出去的。說明那一個黑影肯定不是那些女生隊伍了的。

對於是什麼東西，我就沒有定論了。

再者，另外一個原因是這個視頻的質量。這個視頻的質量實在是差強人意。不知道是不是重案組故意造成的，還是錄像機過於年老的問題。鑒於這樣子的情況，我實在是無法得到任何有用的信息。況且，重案組可能故意想要耍我們也不一定。畢竟靈異事件是不得寫入案件報告內的。這是不明文規定，即使案件的確是有一些詭異的事情發生。

這時，警察的作用就不再是調查案件或者是追蹤嫌疑犯。他們的工作就會變成盡量給該案件找一個合情合理的理由。這個理由一般不是那麼好編寫的。這個理由既要符合警察的立場也就是相信科學，還有就是能說服大庭廣眾。

如果沒記錯的話，當我進警察學校進行訓練的時候，這樣子的情況還專門開設了一門課。名字我是忘記了，因為只有這門課程只有兩節課。但是這節課實在是徹底地讓我的想象力又引進了另外一個新境界。當時教我們的警官，據說還是當時那些案件的專門理由撰寫人。這些人都有一個專門職位了，說明這樣子的靈異鬼怪的案件不在少數。

但是，在今天的網絡論壇發達的日子，即使十幾年過去了，他為靈異案件編寫的理由依舊還活躍在論壇上，因為那些理由實在是過於天馬行空了。那些內容簡直就是在科幻小說裡面才有的情節。論壇上面的人都對這位老師極其不滿，覺得是他拿著納稅人的寶貴金錢坐在警察辦公室裡編寫科幻小說。

網絡論壇上，網友這樣說是情有可原的。畢竟，有的劇情連我也快看不下去了。

一九九三年十二月三日，一個女子位於家中四角各放置三枝蠟燭。房子中央畫上了一個六芒星。經過法醫斷定，死者死前抽搐過度，心臟負荷不了所以死亡。警方已經經過心裡專家的評估，斷定當時情況過於陰森。由於，女士心臟不能負荷環境所帶來的壓抑，所以死去。所以，這件案件并不可疑。他編寫的死因為，環境過於陰森而導致的心臟負荷過度。

就這個案件的結案，被網絡的網友們謾罵到不成人形。被論壇上的網友們認為，這是拿著納稅人的錢做著一個廢人。但是，那位警官的確是有苦說不出！如果在報告寫這是一起靈異事件的話，也不是不可以的。雖然還原了事實的真相與根本，結果是工作崗位和薪水就會遠離你而去。

有的時候，為了一份工作不得不妥協。

我既不想丟去我辛苦換來的工作，也不想失去我的名譽。所以我決定，我更加傾向于那個黑影是重案組人員搞的鬼。我還給他們找了一個理由，原因是他們自己想邀功，而給另外一些工作人員添加上不必要的麻煩或者偽造了一些東西。這是可能的，畢竟他們重案組就是那麼奸詐狡猾。

我默默地說服著自己，自己的想法是事實的真理。

由於那個視頻並不是一般人能夠解析的，連我這一位警察也不能夠參透到底是真的還是假的。畢竟，我的職業是一名警察。如果把那段短片交給警察網絡組處理，這是正面地和肯定地告訴警察同僚，我不相信經過重案組處理的二手信息。或者是，告訴他們我在短片中，發現了不尋常和奇怪的資訊有關鬼怪的，自己無法理解。也就是犯了當警察的大忌 - 不相信科學。為了避免自己革職的可能和被自己的夥計同僚恥笑，我把我的希望放在了我的網友身上。希望他們能提供一些線索之類的，能夠給我一些關於這個案件的一些靈感。

其實，網絡上有著許多論壇都是環繞著都市傳說的。都市傳說的熱愛者說多也不多，說少也不少。但是，對視頻剪輯有研究的都市傳說愛好者，實在是屈指可數。所以，

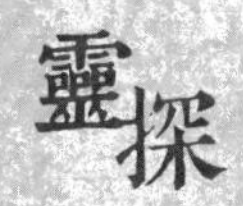

我只能找到我比較熟的網友進行咨詢。幸好，他也是在電視節目上擔任過視頻剪輯師，而且對都市傳說比較有興趣。在論壇上，幾乎每天都能看見他的名字出現在論壇上，擔任著都市傳說講解師這樣的角色。他在論壇上有著一個大名鼎鼎的綽號 -「全能王」。

我告訴他，這裡有段視頻很詭異有可能關於都市傳說的，讓他出來看看真假。由於這段視頻可能將會是第一次公佈，所以不能通過電郵或者雲盤這些東西給他。全能王先是對我產生質疑，懷疑我的視頻是假的。他問了許許多多關於那段視頻的詳細資料，例如：解析度或像素這些專業名詞的問題。說實話，要是懂，我老早自己就查到了。「自己動手，豐衣足食。」或是「自己的事情自己做！」這些小學生都知道的道理，難道我還不懂嗎？但是，看在我和他比較熟和他的好奇心的份上，他答應幫我出來看看那段視頻。雖然，我和他在網絡上聊天次數不下千次，但是出來見面還是第一次。

****

我和全能王約在餐館碰面。

他進來的時候，我就知道肯定是他了。因為他的身體特點，足以讓我斷定他就是那個在論壇上大名鼎鼎的全能王。原因是大部分剪輯視頻或者經常對著電腦工作的人都會有兩個特點，一個是戴著一副厚厚的眼鏡，第二點就是身體會比較肥碩，而造成肥碩的原因是終日坐在電腦前以導致運動量不高。

我向著他招了招手。他點了點頭便過來坐下了。

我打開了筆記本電腦，並且播放了那段詭異的視頻。

他剛剛看那段視頻的時候，就好像是一個平常人在看著一部無聊的短片。才剛過了三十秒鐘，他就打了一個哈欠。他無奈地看了看我並搖了搖頭，對我表示有一點兒失望。但是當我請求他繼續耐心看下去時，他的眼睛突然睜大了好幾倍。手指不停地在鼠標盤上快速來回滑動，不停地重複看那一段片段。他來來回回做了同一個動作十幾次後，便停下來了，托著下巴深思。

我開口打破寂靜問道：「你覺得怎麼樣？這段視頻有沒有什麼造假的成分？」

他托了托眼鏡：「兄弟，你這段視頻確實是有段詭異。能告訴我這段視頻哪裡來的嗎？不知道哪裡來的視頻，我很難告訴你呀。」

我又說：「這是從我一個朋友那邊得到的。他說他對這一段視頻沒有做過任何剪輯。我只是想確認到底他說的

是不是真話而已。」

他連忙合上了我的筆記本電腦：「停。別說了，我可以用我十多年剪輯視頻的功夫告訴你，你這段視頻沒有任何剪輯成分。在視頻動過手腳的，我一眼就能看出來。再說了，如果這些東西是真的，就肯定不是都市傳說了。兄弟，我建議你也別碰了，這東西邪門得很。」

他說完這句話沉默了一會兒，似乎在檢討自己剛才有沒有說錯任何話似的。

看完那段視頻後，我們沒有說過任何話。他的眼睛沒有了任何神采，彷彿是被剛才那段視頻嚇到了。

吃完晚餐後，他便一個人邁著沉重的步伐向著遠方的街燈走去，不知不覺地就被黑暗慢慢地吞噬。

雖然可以證明重案組被我差點被我掛上了莫須有的罪名，但是黑影又是什麼東西呢？

我走去另外一個方向，步入了黑夜。在這個被黑夜吞噬的過程中，什麼是真，什麼是假我已經快要分不清楚了。

也許，真與假從來不存在於世界上。

第六章：結案

即使昨天的內容與這件案件有著非一般的關係，但是我實在無法把我昨天得到的資料寫進我的報告。雖然我的大腦很想把事實寫下去，把我所知道的內容一字不差地寫在文件上，但是我的手不受我控制。那一種感覺就好像是一種無形的力量控制著我的雙手，不讓我在文件上暢所欲言。

那種感覺非常辛苦，簡直就是自己和自己在爭鬥。一邊是理智，另外一邊是良心。不知道有沒有一個辦法可以解決這個問題？既可以我不用被上司革職，又可以把事實寫在文件上。畢竟，我不是一位擅長於編寫故事的人，再者就是我不想幾年後成為論壇上的壞人，也就是遭受著萬千網友抨擊的角色。就這樣子的自我鬥爭，幾乎延續了半

個小時，我的文件還是滴墨不沾。那張文件紙還是潔白無瑕的躺在我的工作桌上。

我離開了我的工作桌，往辦公室的茶水間走去，拿起了廉價的速溶咖啡粉倒進杯子中，把熱水倒進了褐色的粉末。經過幾秒鐘的攪拌，咖啡的香味已經瀰漫在茶水間的每一處角落。那種香味突然給了我一股寧靜安逸的感覺，暫時地從那煩惱中脫離了出來。

正當我滿懷激情地想在我的文件紙上動筆的時候，前輩悄無聲息地出現在了我的面前。但是，他的神情嚴肅得很，彷彿他的眼神中充滿了一點點的怒氣和不屑之情。

前輩告訴我，重案組的人員已經把七個女生的案件結案了，且決定在今天下午在總部舉行記者發佈會交代這件案件的經過。

我楞了一下，難道他們已經找到那個黑影是什麼回事了？如果他們的確調查清楚那個黑影是什麼原因造成的，我對他們這樣的辦案效率肯定是感到佩服的。但是，說不好也有可能是他們視而不見，掩耳盜鈴呢！

****

我和前輩來到了記者發佈會的現場。現場只有幾名駐扎警員在門口站崗。會場裡面沒有任何警員，取而代之的是拿著各式各樣攝影機的攝影師和記者。他們的眼神充滿了知曉真相的欲望，就好像他們就是當事人的家屬一般。當重案組負責人和他的組員出來時，那些記者就馬上拿著話筒上前訪問。重案組負責人用著他那虛偽的笑容，讓記者們回到了座位上，請他們聆聽這次的案件報告。

前輩對於這種情況也無可奈何，畢竟在現在這個情況我們也不能做到什麼有實際意義的事情出來。因為事實證明，他們的確比我們厲害。也許，他們先比我們查到了所謂的事實真相。

重案組負責人用著他那種官方式的語氣，訴說著那件案件的報告。那件案件報告包括了許多細節，例如：七個女生的起居飲食習慣，學校的那些擺設和學校的歷史等等的訊息來分析案情。

他們主要的調查內容從七個女生的生活上入手，因為七個女生是現今還活著的有關案件的當事人。經過他們連續幾天的調查後，發現她們那七位女生幾乎和普通學生沒有任何區別，和普通的學生一樣，放學後去逛街之類的東西。簡單來說，那七個女生根本沒有值得調查的地方。

再者，他們說到了現場擺設的問題。重案組組員們的確很明確地形容了那些物件的物品名稱也就是五毒那些道

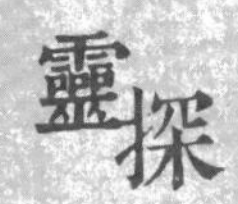

具以及其擺放的位置，但是，他們的結論是那些物件都只是她們所進行的遊戲需要的物件，也沒有什麼值得可疑的地方。那些道具都被重案組隊員闡述為只是一點意義也沒有用的恐怖裝飾而已。因為經過心理專家的調查過後，她們七個女生有可能因為在進行遊戲的過程之中，壓迫感過大產生了幻覺，才會有當天晚上尖叫的情況出現。這種遊戲的壓迫感足以讓人感到不舒服和產生一系列的幻覺。所以，他們斷定這一件案件並沒有什麼值得可疑的地方。

至於，那名保安的死亡狀況不能對外公佈，因為這是關於死者的隱私問題。同時，重案組也許將會起訴那七名女生，罪名為「誤殺」。說到這裡，重案組負責人也講到了，這份報告是他和他的同僚通過幾天晚上犧牲了休息時間寫出來的。

我暗自竊笑起來：「想不到，到了最後，還不忘誇獎自己！」

重案組負責人說完那一份調查報告後，就起來和他的組員鞠了一個躬就往身後的辦公室走了過去。但是，讓人感到奇怪的是，這次記者發佈會並沒有關於記者發問的環節。不知道是重案組負責人將那份報告講得太得意忘形忘記了，還是是故意這樣安排的。站在旁邊的重案組的上司，也默默地拍了掌，嘴角也慢慢地被四周的肌肉拉起來，露出了滿意的笑容。那位上司就好像根本沒有因為記者發問這個環節而感到生氣，難道是因為他們的調查報告做得特別出色嗎？

一般情況而言，記者發佈會一般是因為案件特別重大或者特別嚴重才需要有這樣子的安排。因為這樣子安排的原因絕對離不開這兩個：一個是對公眾宣佈他們的調查進展，另外一個原因就是安撫民心了。因為在網絡的論壇上已經開始產生了不少都市傳說都是關於這次案件的。為了讓廣大民衆感到安心，警局只能弄一個這樣子的安排。因為警局就是怕有的時候，市民會因為都市傳說報案，這樣子就會無形地給他們增添了一些不必要的工作。所以，記者發佈會就是專門針對於這樣情況的措施。

但是，沒有記者發問環節這一個問題肯定有什麼奇怪的地方。因為記者發佈會中的發問環節一直很重要，某程度上和案件的調查報告一樣重要。原因是記者發問環節是一種類似於證明警察和市民關係友好和沒有妨礙新聞自由的象徵，也就是證明警方的調查是完全公開透明的。

以往常的情況來看，不管是什麼類型的案件，只要是開了記者發佈會了，那麼肯定就會有記者發問的這個環節。

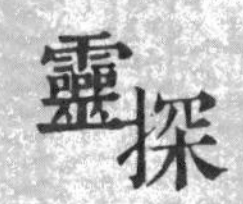

如果開記者發佈會而沒有記者提問這個環節，簡直就是聞所未聞。就好像剛剛那個情景，當重案組負責人起來的時候，只有重案組的上司拍了掌，其他記者都竊竊私語起來。他們就好像在討論為什麼沒有記者發問這個環節。這一點就有一種說不上來的奇怪。

即使，我對於那一份報告有一些懷疑，甚至覺得他們可能有點造假的成分在裡面。但是，礙於我的身份我並沒有說出來，連那個片子的黑影我也沒說。難道他們就這樣忽視黑影的存在嗎？

也許他們沒看到吧。因為警局都知道，在警局裡面最有影響力的幾乎排第一的就是重案組。在電視節目中，就可以知道這個道理了。重案組往往都是主角所在的小組。即使，這次結案的報告有一些馬虎，但是記者們依舊沒有投訴或者質疑。這像是對於他們來說，重案組就是那麼神聖而不可侵犯的。

如果我把事實說出去，誰會聽我的話語？畢竟在那個警局中，我只是一位閒人。

如果有人願意聽，恐怕也許他們也只會當我是癡人說夢吧。

第七章：獨白

記者發佈會結束後，我和前輩都離開了辦事處，離開了那個讓我們感到失望的地方。前輩的眼神中，充滿了失望和不解。即使他看過無數次的記者發佈會，但是時間還是沒有抹去心中的傷口。或許，這個社會從來就不是給有機會的人準備的，而是給一些擁有著人脈的人而準備的。一些些壯志未酬的人，只能一遍又一遍地被那幫擁有著人脈的人踐踏著。這種不公平的社會待遇，一次又一次地在社會上日日夜夜地重複。如果有人說，每個人的起跑線是一樣的，這種話無非是在欺騙自己。社會競賽從人的出生開始就已經開始了，而且起跑線就從來沒有一樣過。

我和前輩走在鬧市的街頭，街頭上充滿著當地小吃和人們的歡鬧聲。人們的歡鬧聲一陣一陣地衝進我們的鼓膜，刺激著我們的神經。即使這樣，我們也無法跟著他們躍動起來，和他們同流合污。我和前輩走累了，就走進了一個茶餐廳。茶餐廳裡面充滿著香氣四溢的美味佳餚，和各種五彩繽紛的碳酸飲料，彷彿這裡在舉行一個盛大的豐盛晚餐聚會。但是現在，娛樂和美食已經不能夠再次引起我們的興趣了。

茶餐廳的電視上播放著今天的記者發佈會。我們不約而同往電視機的方向注視了起來。

電視機上的重案組負責人威風凜凜地在進行演說。他講那件案件講得出神入化，引人入勝，足以媲美一個說書人。茶餐廳的人都目不轉睛地盯著電視上看。這個無疑是對他們來說是一個免費的故事會。而這個電視機，無疑是在我們的傷口撒鹽。重案組負責人說的每一句話，就像是在拿一把刀往我們的心臟上面刺，一次又一次不留情地往心上刺。他的笑容和話語好像是在諷刺我們的無能和職位。

前輩已經握緊了拳頭，拳頭上的青筋也慢慢地浮現了出來。他一股怒氣就對不是突然來的，而是通過日積月累積攢出來的。不知道前輩是得到了多少失望和不解，這種怒氣才會出現。

前輩告訴我，他還有事先走了。他起來的時候，默默地拿著一張賬單走去收銀台。在我看來，他的背影是多麼地滄桑和無可奈何。

我在茶餐廳裡面看了大概十五分鐘的電視節目後，便離開了。因為我實在不想再次看見這種人，那麼虛偽的人出現在我的面前。其實，我真正不想看到的是那七個女生的案件。

對於我來說，我沒說黑影那件事無非是對我們或是對重案組的人都是好的。因為這件案件肯定不是像重案組人員說得那麼簡單。我不知道重案組人員在那一份報告中，有著多少虛構或是猜疑的成分在裡面。類似於這些案件，沒有人目擊的意外死亡案件是最難辦的了。因為沒有兇手和目擊證人。這些案子從根本上就是沒有調查方向的案件，一點點線索在這些案件裡面都很難找到。再者就是，那個黑影了。我至今不敢確定那個黑影，是否的的確確存在的。至於我沒有告訴前輩的原因就是，我的想法是既然重案組人員也決定為這起案件結案了，為什麼還要把我們自己拉進無窮無盡的謎題之中呢。如果那個黑影是真實存在的，這無疑是我們可能還要為這件案件賠上我們寶貴的性命。

我實在是不想讓任何人再去干預這起案件了。即使是我個人自私，但是這件案件實在是過於詭異。其實，最根本的原因就是我自己已經不想再次干預了。如果這起案件是那七個女生弄出來的事故，為什麼要我們去冒險呢？而且還要拿著我們的性命去冒險。

第八章：小慧

回到家後，我脫去了一天的疲勞，靜靜地躺在了我的床上。

床上的四周都星羅棋布地佈滿著我以前生活的點點滴滴。那些照片大部分都是我的中學生活。現在回想起來，中學的生活是我最開心的時光，即使中學那裡的學習情況壓力大，但是每天十分充實。每天每夜都是沉浸在試卷練習上，絲毫一分一秒也沒有浪費。

直到現在，我還記得我和我們班同學一直很不喜歡數學老師，較爲確切地說應該是厭惡她。那時候，她每天都幾乎給我們一套考卷，考卷對所有學生來說就是一場噩夢。考卷更加深層的含義就是要給家長簽名。如果考不好，那麼就等於中了頭獎了，回到家肯定會被父母毒打一頓。

那些安逸的中學時光，我慢慢地在腦中回憶著。回憶著我當初中學生活中的安逸，回憶著我當初中學生的青澀，回憶著我當初中學生的懵懂。即使中學也有勾心鬥角的情況出現，但是過了幾天後，那些矛盾便會消失得無影無蹤。

我轉了轉頭，看見了另外一張照片。

那張照片只有我和一個女生 - 小慧。小慧一直是我們中學的靈魂人物，一直擔任著學校上重要的職位。從我中學一年級第一天看見她開始，我就知道我的心就不會在我那裡了。

和她拍照的那一天是我去警察學校的前一天，我約了她出來，希望能夠再次地好好看看她，作爲一個我對青春的總結。因爲我知道以後我們可能再也沒有機會見面了。對於我這種宅男來說，能約一次心儀的女生出來就和中了一回金多寶一樣。

我單獨約了她很多次，但是都沒有成功。時間就好像是一個障礙物一樣故意阻撓在我和她之間不讓我們見面。最後，時間貌似也有同情我，給了我們一次見面的機會，也是我們目前唯一一次單獨見面。

現在回想起來，我為我當年的行爲感到十分尷尬。不知道當年是哪裡來的勇氣去對一位女生死纏爛打。當年天真的我還真以爲，如果一位女生告訴我沒有時間，就真的恰好是那個時間段她沒有空。我當年壓根沒有意識到，她一直想拒絕我的約會。我還以爲是小慧給我的考驗呢。可能她最後不好意思再拒絕了，最後也出來了一次。

那天見面，她穿著藍色的衣服和扎著馬尾應約。她依舊是我喜歡著的那個模樣，與我的想象中的她沒有任何區別。一開始，我和她都覺得十分尷尬，因為我們之前沒有單獨見過面，和在學校裡也甚少單獨交流。對於我來說，這無疑是一次非常緊張的經歷。基本上，這次經歷比拿著不合格的卷子給家長簽名還要緊張。

由於我是第一次約女生出來單獨見面，我艱難地打開了話匣子，聊了聊我們現在的生活狀況和班級的趣事。那次聊天的過程，對於我來說十分困難和尷尬，因為我不知道要說什麼，生怕說錯了一句話或一個字便會招來她的厭惡。但是，讓人歡喜的是她還是笑呵呵地回答著我那些愚蠢的問題。

在她笑的那一刻，我的心都幾乎要融化了。

到分別的時候，我和她合了照，也是我貼在牆上的那一張照片。

那張照片我的表情非常搞笑，整個人就像是一個沒有

任何表情和情緒的木頭人一樣。我現在彷彿還感覺到我當初的尷尬之情。現在想起來，小時候膽子的確比較大，顧慮的事情也沒有現在多。也許，那就是青春的好處。一股不知道哪裡來的勇氣往前衝，去做自己覺得對的事。

到了離別的時候，她湊了過來對著我的耳邊說，「以後別再為我去打人了。」

當我聽到這句話時，我才想起來我去警察學校的間接原因就是因為她。

不知道什麼時候開始，她有了一個男朋友。那個男朋友在我看來，他是一位蠻好的男生。那時候，我一直覺得他們蠻恩愛的，他們不管上學放學都是一起回家的。在班級面前，小慧一直是一位酷酷的女生，班級上任何搞笑的事情都不能讓小慧真心地哈哈大笑起來。但是，那一位男生彷彿有一種魔力一樣，他每說一句話，就能讓小慧哈哈大笑起來。那位男生即使只是給了小慧一塊普普通通的餅乾當點心，小慧還是會甜蜜地微笑。

由於我們都是在一個班級的，所以很多關於他的事情我都知道。班級上他也算是一位能夠拉動我們班級氣氛的人，可能女生就是喜歡這種類型的。我曾經也想成爲這樣的男生，看了數不勝數的冷笑話，並把許多女生逗得樂呵呵的。可是最後想當我女朋友的，卻一個也沒有。

一天，也許他和別的女生走得太近了，還是不知道什麼原因。小慧在班級上莫名其妙地哭了起來。經過一些同學的口述相傳，我才知道原來是關於她男朋友的事情。即使小慧在班級上哭了許久，但是她的男朋友依舊在操場上打籃球，表演著他那出神入化的球技。我實在看不過去，我連忙從跑到操場上和他理論，即使我也不知道我是以什麼身份跑過去的。

他一邊打球，一邊假裝沒聽見。他這樣子的表現很明顯就是在當我是空氣。我連忙跑了過去，拿起了他的衣領。從我當初拿起了他的衣領的時候，圍觀群眾漸漸地增多。然後，我一拳打在了他的臉上。那一拳彷彿把我的憤怒發洩了出去，我也不知道自己突然間怎麼會有那麼大的力氣可以把一個人打倒在地。他也不甘示弱，連忙站起來和我撕打了起來。

到了最後，主任過來把我們兩個拉開。然後結果是這樣子的，學校讓我直接退學而且並沒有任何挽留的餘地。原因是我生氣的時候太恐怖了，他們認爲我不能好好地控制自己的情緒。如果那一天這樣激起我情緒的事情再次發生，我的存在可能會對學生和老師造成傷害。

那次打架的後果十分嚴重，我的左眼直接五天短暫失明。有一刻，我是多麼害怕我的左眼視力從此就會消失。但是，當時我的稚氣還在，我認為如果失去左眼可以讓他們分手這個代價是值得的。現在想起來實在是可笑至極。

過了幾年，我聽以前的同學說，經過那一次打架後，小慧依舊和那個男生在一起。但是，那個男生依舊冷落了她。過了不久，他們就分手了。

自從進去警察學校那天開始，我就再也沒有看見過小慧了。我也不好意思再去打擾別人了。也不知道她去了什麼學校。只希望她的學校或者工作單位也會出現我這樣的人默默地保護她。

中學回憶片段往往是多麼讓人惋惜。如果可以再次看見她，我希望我依舊能夠得到她的青睞。這也許就是我自中學開始的願望吧。

第九章：機密文件

任何案件的結案都不是重案組負責的。而是我們組-特別行動組負責。特別行動組並沒有任何特權，但也幾乎是警局裡面工作範疇最大的工作組。我們不管是重案組的案件還是反販毒組的案件都會涉及，特別是結案的部分。所以，我們也是警局中的全能人選，但是我們得到的待遇卻並非如此。原因是我們負責的結案部分，遠遠沒有推理案件和調查案件的部分重要。重案組和反販毒組需要用他們寶貴的時間於調查案件，而一些無關緊要的部分則交給我們。

我一邊在電腦上輸入著那些記者發佈會的內容，一邊聽著古典音樂。我的手指飛快地在鍵盤上跳動，就好像芭蕾舞者那些優美的姿勢一般。我的手指打字頻率隨著音樂

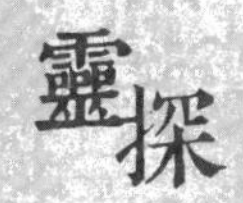

的加速而越來越快，那鍵盤隨著我的速度加快而發出越來越大的響聲。有那麼一段時間，我就好像沉浸自己的世界中。

音樂對於我來說就像是一種興奮劑，把我的情緒完完全全地推進到了亢奮的狀態中。即使我在打字的過程中加入了興奮劑，但是我的報告也幾乎要兩三天才能夠勉強完成。所謂勉強完成的意思是：給前輩看過後，還需要更改某些細節。如果實在寫得太過差強人意，我還要重新寫一遍。

雖然這種情況我覺得非常煩惱，但是也沒有任何辦法，因為如果那些不合格報告直接交上去的話，我的履歷表肯定會被人寫得亂七八糟。工作態度不認真這一類的評語會直接飄進我的履歷表中，成為一道永遠不能抹去的烙印。可想而知，我這輩子就不用想加薪升職了。

當我奮戰四個小時後，我的打字速度也逐漸慢了下來。手掌部分佈滿了一顆顆晶瑩的細珠，那些汗珠就像是蜘蛛一樣，緊緊地附在我的手掌。我停下了休息了一會兒，讓大腦從剛才的亢奮模式暫時轉換成休閒模式。我沒有停掉音樂，而是讓音樂繼續播放，讓音樂在我的大腦中遨遊。

我一邊滑動著鼠標，一邊閱讀著我剛才寫的報告。到現在那些案件調查和案情依然還歷歷在目，就好像是前幾個小時之前剛剛發生一樣。即使這件事我還有很多不能解釋的地方，但是為了自身的安全問題，我也只能按照重案組那些記者發佈會的內容進行整編並且輸入在電腦上。

這時，前輩走了過來。

他拍了拍我的肩膀：「怎麼樣？有什麼靈感嗎？」

我無奈地聳了聳肩膀：「寫結案報告而已。那需要什麼靈感？！如果我寫了我的靈感上去的話，我恐怕我要去牢房中去了。『妨礙司法公正』這些罪名我肯定是擔當不起的。你是不是想我去坐牢？」

他笑了笑：「這算什麼？牢房也算是一個不錯的生活經驗。你看看你可以在裡面學到不計其數的社會經驗。特別是「禁言」這一部分。牢房警察不是隨便什麼人都能惹的，這一個你也是知道的吧。」

我點了點頭，表示贊成：「關於『禁言』這一部分，哪需要在牢房裡面學。在我們警局就有這些不計其數的先例。如果在警局亂說話，恐怕升職也很難。不對，嚴重的話被人革職也是有很大的可能的。」

前輩又說：「新丁，我真沒想到你的領悟能力那麼厲害。看來，我不能再叫你『新丁』了。你都快要變得跟我

一樣的老人了。對了，我有一件事可以拜託你嗎？」

我點了點頭。

前輩向我遞過來他的手機。手機上顯示著他和法醫的聊天內容。

法醫告訴前輩，她那邊還有一些關於七個女生案件的資料和圖片。那些資料可能對寫結案報告有用，也就是說那些資料可以讓結案報告變得更加詳細，減少重寫的機會。那位法醫還指名道姓地讓我過去醫院拿資料，並且會讓她的助手親自給我。

我抬了抬右眼的眉毛，並且向前輩拋向了一個疑惑的眼神。我感到奇怪的原因是，法醫和前輩的關係比較好，為什麼他們自己不去拿呢？難道這是一個什麼陰謀嗎？

前輩並沒有直截了當地回答我的問題，而是像我剛剛一樣聳了聳肩膀和吹著口哨回到了他的座位工作。

他們兩個到底有什麼陰謀？！到底醫院那裡有什麼事情一定要讓我去負責呢？

第十章：故友

到了醫院後的景象和上次我到醫院的情景沒有什麼大的出入。這種感覺就好像是時間回流一般。醫院的地板被清潔人員清潔得潔白無瑕，窗戶更是如此。窗戶的乾淨程度實在無法使用任何形容詞來形容。從遠處看窗戶，就好像是沒有玻璃的感覺。由於在醫院大堂中，我沒有看見法醫助手的出現，我便開始研究窗戶起來。

這時，有人輕輕地拍了拍我的肩膀。

我轉過頭，看見了那個法醫助手。她的眼睛再次發出了光芒，那一股光芒無聲無息地吸引著我的眼睛。讓我的雙眼無法從她的眼眸中逃離，就好像是吸鐵石一樣。不知道是什麼原因我她的眼中再次感受到溫暖和熟悉。我默默地在我的大腦記憶中摸索著我什麼時候曾經看到這雙眼睛。

　　她在我的眼前揮了揮她纖細的手，把我從記憶深處拉了回來。

　　她感到十分疑惑：「你怎麼了？有什麼不舒服的地方嗎？」

　　我搖了搖頭：「沒有。對了，我的上司讓我來拿關於那七個女生案件的資料。據說，法醫會讓你把那些資料交給我。請問現在我可以拿那些資料嗎？」

　　法醫助手點了點頭：「可以是可以。法醫已經把那些資料已經交給我了。但是，那些資料在辦公室。我目前不方便去拿，畢竟我現在還在當值呢。」

　　我又說：「那請問最快什麼時候才能拿到那些資料呢？我目前還有關於那個七個女生案件的報告要進行編寫。」

　　法醫助手皺了皺眉：「我知道了。那等我下班吧。我下班馬上拿給你，好嗎？」

　　法醫助手顯得有些不耐煩了。她說完這一句話後，便往醫院深處走去。那一個背影似曾相識，不知道多久以前我也曾經看見過類似這樣的背影。不知道是不是最近又開始想念小慧了，現在連看一個普通的女生背影都以爲是小慧。如果再這樣的話，估計我很快就會瘋掉了！

　　我連忙拍了拍自己的腦袋，把自己拉回到現實。

　　**********

不知道過了多少個小時，我終於等到了這位尊貴的法醫助手。我的精神狀態都已經迷迷糊糊了，幾乎要與周公相會了。

法醫助手穿著一件褐色的皮衣和一雙黑色的長筒靴慢悠悠地走了過來。走過來的時候，手上還拿著我認為最重要的東西 - 文件袋。在這個時候，她那雙眼睛再也吸引不了我的注意了，取而代之的是那個文件袋。那個文件袋彷彿就像一塊金光閃閃的金磚吸引著我。畢竟，我是整整花了幾個小時才換來那個文件袋。

我馬上二話不說地跑了過去，示意法醫助手趕緊把那個文件袋交給我。

她搖了搖頭並且把那個文件袋抱得更加緊了。

我感到很意外，這個文件袋不是要給我的嗎？她怎麼今天那麼奇怪呢？但是，回想今天，貌似今天我遇到的人都很古怪。他們每個人似乎都有什麼東西瞞著我似的。

今天的我簡直就是一個傀儡，一個沒有按照他人想法做事的傀儡。對於他們想做什麼，我連一點兒頭緒也沒有。今天的生活完完全全被他人擺布著，這種感覺一點也不好受。有什麼想讓我幫忙的直接說就可以了，何必這樣拐彎抹角地賣關子呢？

法醫助手解答了我的疑惑：「想要拿回去。這是沒問題的。但是，你得回答我一個問題。回答錯誤，會有懲罰的。你最好想清楚再回答。」

我皺了皺眉：「什麼情況？我只是想拿回那個文件袋而已。你直接把那個文件袋給了我吧。」

法醫助手又說道：「不回答也可以。這個文件袋我會一併拿走。你得仔細想一想回不回答我的問題。你該不會想重寫一份報告吧。」

我無奈地搖了搖頭：「行。沒問題。你有什麼問題就問吧。我能解答你的，我肯定會詳細解答你，回答到你滿意爲止。這樣子可以了吧！」

法醫助手靠了過來在我耳旁問道：「那就好。我的名字是什麼？」

我睜大了眼眶：「什麼？我怎麼可能知道你的名字呀。你可別耍我了，自從失落名字事件之後，警局不是不用名字來稱呼別人了嗎？我一直叫你法醫助手的。」

失落名字事件，據說是一起關於名字的案件。由於，這次事件造成警局恐慌，所以這件案件一直不被其他人所提起。同時，也從檔案所裡面消除檔案。因為由於缺少檔案資料，所以我只能猜測這到底是什麼案件。有人說，這一案件是一個臥底的案件。由於當時臥底不小心把自己的名字公佈在社團中，當他功臣身退的時候，他被人暗殺了。也有一種說法是，有一個警察有黑社會背景且竊取了臥底名單所引發的慘案。從此以後，警局裡面再也沒有人用真名來稱呼自己或稱呼別人。警局只會用什麼組的負責人或者用前輩這樣的稱呼來稱呼別人或同伴。如果用了真名稱呼別人，就可想而知兩人之間有種非比尋常的信任。

法醫助手向前走了幾步：「好。你給我記著。這可是你說的。」

我無奈地抓住了她的手，拉住了她不讓她離開。

我仔細地觀察著她的面孔，她的眼眸與她那張引人注目的面孔。

不對，我肯定認識這個人。這樣的臉龐曾經每天每夜地縈繞在我的思緒中，甚至我的中學生活的點點滴滴也幾乎全是她。不會吧？！世界那麼大，我們還能重遇？難道真的是她？

我終於忍不住問：「小慧？是你嗎？」

第十一章：特別任務

小慧開始微笑起來：「終於想起我了。你可給我記著，你竟然想那麼久才想起我是誰。」

我應和道：「不對！我還是稱呼你為法醫助手吧。這樣對你我都有保障。」

她無奈地看了我一眼：「不用了。你還是叫我名字吧。想不到你現在還是那麼相信那些都市傳說。我不信這些。你也知道的。」

我連忙點了點頭，伸手示意把那個文件袋交給我。

小慧連忙打了我的手並說道：「你可真想得美！想拿回文件也可以，但是你得先陪我去吃晚飯。我現在可餓壞了。」

我又說：「別了吧。陪你去吃飯簡直就是自己找麻煩。

誰知道，你的男朋友會不會突然跑出來揍了一頓。」

小慧沒有說話，她聽見了我的話感到愕然。她用她的手袋往我的胸脯狠狠地打了一下。那一下的衝擊我不禁退後了幾步，因為我沒有想到她竟然會這樣突如其來地打我一下。而且，我知道那一下肯定沒有留手。

我不知道我該說什麼，才能讓這樣的尷尬氣氛消失。她低著頭眼睛靜靜地看著地上，就好像在思考著什麼東西一樣。為了打破這種局面，我連忙答應她去陪她一起吃晚飯，並且對剛才的話感到十分抱歉。

我和小慧兩人走出了那繁忙的醫院，那夜以續日的地方。剛走沒幾步，她的手主動挽著我的手，整個身體依偎著我默默地往前走著。遠處看，我和她就像是熱戀期情侶一樣。

我和小慧兩個人挽著手在街上慢慢行走這樣的情景，我曾經幻想過無數次。甚至說，我曾經在夢中也遇到過無數次，也曾經認為這種事情不會發生在我身上。我曾經常常想到自己就是一位平庸者，怎麼可能會得到小慧的青睞？

但是有時就是那麼突然，我突然意識到這樣動作一般只會在情侶之間發生。我連忙縮了縮我的手臂，她並沒有放開取而代之的是挽得我的手更加緊了。我免得再次惹到

她生氣，就再也沒有縮起手臂了。而是讓她一直挽著。

****

那天夜裡，我們在餐館中聊了很多我們以前中學的往事。那種感覺再次衝入到我的心裡，在和她聊天的時候就好像回到了中學的時候。談起那些回憶，我才想起當時的我們是那麼的天真懵懂，那些一去不返的歲月是多麼讓人值得留戀。

我沒想到這個世界上竟然會有這樣一個人能夠把我重新拉回到中學時間。也許，她對於我來說就像是一個時光機吧。她如數家珍地和我說了，那些她在中學畢業過後的許多事情，例如：她為什麼選擇把法醫助手當職業類似的事情。

頓時，她摸了摸我的左眼，就像是母親撫摸著她的孩子一樣。

她關切地問我：「你的眼睛沒事吧？」

我無奈地搖了搖頭：「目前來說，視力已經恢復了。但是，那次實在是傷得太嚴重了。醫生說如果再有什麼特別嚴重的撞擊的話，永久性失明也不一定。」

小慧低下了頭：「你為了我，把你自己搞成這樣！自出事以來，我其實一直感到不好意思的。」

我安慰道：「沒事的。這也許就是青春帶來的後果吧。我覺得我做得那件事是對的就可以了。你也無需自責吧。」

小慧眼睛泛起了淚光：「對不起。都是我的錯。」

說完，這句話小慧就哭了起來。

我感到無話可說了。不知道怎麼安慰她。其實我根本沒有怪責過小慧，我真的很想去安慰她。無可奈何的是我這個人不善言辭，不知道說什麼才能讓她的心情稍微好一點。

不一會兒，她的哭聲引來了眾人的圍觀。在那個餐廳裡面，我們就好像成為了主角。那些人都開始對著我指指點點起來，並且開始了竊竊私語。他們的內容無非就是說我是一個不負責任的男人，把我形容成一位始終亂棄的壞人。對於，他們這種莫須有的罪名，我選擇了沉默應對。因為我知道，這種情況下群眾大部分時候都會幫著女性，即使我根本什麼東西也沒有做。

為了離開那些人的指指點點，我拉著她的手離開了那個餐廳。

當我在街道外面看見她的雙眼時，她的眼睛已經哭得泛紅。那兩條淚痕清晰地掛在了她的臉頰上。看著她的淚痕，我頓時心如刀絞。

我從來沒有想到會有一個女生會為我哭成這樣。這時我很想抱著她，為她拭擦眼淚。但是，我沒有任何身份去完成這個動作。我憐憫地看著她，卻什麼都不能做。

****

過了十幾分鐘後，她的淚水和淚痕已經悄悄地消失了，但是眼睛一直是處於泛紅的狀態。

小慧讓我送她回家，否則不能得到那份文件。我陪伴著她乘坐了人山人海的地鐵，她依偎著我的身體，並閉上了眼睛休息。她均勻的呼吸聲輕輕地在我的耳朵旁徘徊。我看著她那泛紅的臉頰，聽著她那輕輕的呼吸聲，頓時一股安寧的幸福感油然而生。

也許，我從中學開始就是尋找著這種安寧。

****

到了她家的門口時，她把文件遞給了我且告訴我，在我回家之前不許偷看。我答應了她。在她進去家裡面後，我才轉身離開。

在回家的途中，我再次踏上了地鐵往黑暗深處迅速前行。由於我回家的時候，時間已經不早了，裡面的乘客並沒有像上下班時間一樣塞滿了車廂和地鐵站。

我找了一個位置安穩地坐了下去。在我坐之前，我已經謹慎地勘察了地形，沒有發現任何老人或者懷孕的女士。如果沒有進行勘察，我恐怕明天我的樣子應該會公佈在各大的網絡論壇上被網友們進行批評，甚至是唾罵。我不知道我這個城市什麼時候已經變成了這樣，人們都只會按照外貌去斷定這人配不配擁有關愛座的權利。但是，有很多需要關愛座的人並不是依靠外貌就能斷定的。

這樣的矛盾局面的確很難解決。但是，我這個人微言輕的小人物能有什麼意見呢？就算我有意見，也不能改變什麼東西。

也許，這就是生活，矛盾從一開始就無處不在。

也許，「以貌取人」這種觀點從人出生開始就已經影響著人們和他們以後的生活方式吧。

借著地鐵的燈光，文件的影子從文件袋中滲透了出來。即使我無法從外面得知什麼信息，但是我知道裡面肯定有著什麼重要的內容。我希望能夠通過文件袋裡面的信息，讓我盡快完成這份報告，能夠讓我真真正正地和這一件案件做一個了結。

待我回到那個讓我感到安穩的家時，我打開了文件袋，文件就隨著開口傾瀉而下。看著那些文件我吃了一驚，小慧給我的竟然不是什麼重要文件，而是一堆白紙。那白紙

就像是我的心情一般，頓時變得煞白。我不知道她到底是因為什麼原因把文件給我，但是我能肯定的是我被她耍了。

第十二章：再會重案組

自從被小慧耍了那一天後，我對此一直耿耿於懷。因為對於她對我做出這種行為的原因，我猜測不透。我希望她只是老朋友很久不見而對我開玩笑，沒有別的特別意思。

自從，成為了一位警察過後，我彷佛對什麼人都放心不下來。也就是我對我認識的人都會有一種強烈的戒心，對著那些我不認識的人就更不用說了。可能是因為電視臺的節目總是圍繞在警察和臥底之間的衝突吧，我也可能慢慢地被這些媒體洗腦了。最近，電視臺還播放了一個黑警題材的節目，讓我更加對身邊的同伴起了疑心。

我來到了辦公室，重新開始了我昨天一樣的生活。這種生活並沒有什麼值得起疑心或者特別之處。因為今天的我只有一樣工作 - 寫那篇報告。我估計這篇結案報告肯定

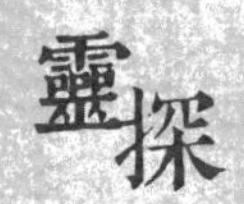

會浪費我最起碼三天的時間左右，最重要的原因是我沒有得到什麼特別重要的內容可以讓我編寫在結案報告上。

我沒有任何頭緒我可以在結案報告上寫什麼東西。曾幾何時，我還滿懷希望地想象自己只要拿到那份醫院報告，就會有思緒泉湧的情況出現。而現在，我只能默默地靠著自己薄弱的想象力來給這份結案報告畫龍點睛。如果可以的話，我肯定把這份結案報告給重案組的人員去完成。可惜的是，想象和現實永遠是有差距的。

我癱坐在椅子上，面前的顯示屏上面密密麻麻的字全是我的想象力和所謂的事實融合在一起的東西。我的眼睛已經開始對著這份報告有著仇恨一樣的感情。因為長時間的奮力抗戰，我的眼睛開始看東西變得迷迷糊糊起來，無法集中在一點上。準確來說，我已經頭昏腦漲了。

****

再這樣下去，我肯定會變成行屍走肉一般。為了避免這種情況出現，我連忙去了茶水間沖了一杯香濃的咖啡。香濃的咖啡散發出來的香味沁人心脾，再次把我從煩惱中拉了出來。

正當我想喝一口香濃的咖啡時，前輩睜大眼睛並且緊緊地抓住了我的肘，讓我無法喝到咖啡，我不知道發生了什麼事便呆呆地看著前輩。

前輩用著責備的語氣說道：「是不是前幾天表揚過你。你就得意忘形了？我剛才發了十幾個訊息給你。你難道沒有看見嗎？」

我搖了搖頭：「什麼事發生了？我剛才一直都在寫結案報告。所以沒有看手機上面的訊息通知。」

前輩又說：「你現在別寫什麼結案報告了。你現在寫了也沒有用。現在他們說這起案件有了變化，也就是還不能結案。你現在別喝什麼咖啡了，你現在連忙和我一起去重案組辦公室開會吧。要是我們去晚了，以後就可能飯都可能沒得吃了。」

我連忙和前輩用著我們最快的速度，前往重案組的辦公室。我不知道到底是什麼事情發生了，而且還發生得那麼突然。就連本來已經可以結案的案件，竟然現在更要說是不能結案！開什麼玩笑？！這種情況本來就很少會發生，基本上機率為零，更滑稽的情況就是記者發佈會都已經發佈了。難道說重新開始調查案件，這種情況不會被群眾議論警察的辦事效率不高嗎？

我和前輩來到了重案組的辦公室。裡面的氣氛非常凝重，平平無常的空氣中也瀰漫著一股殺氣。辦公室中不僅

僅是重案組的人員在裡面，重案組的上司和警區的負責人也到達了現場。看來這起案件的嚴重性已經比我剛才想象的嚴重得多。警區的負責人從百忙中也要抽出時間過來，就知道城市警局對這件事有多麼地重視。

等我們到達現場後，秘書關上了門。從關上門那一刻起，就好像她親手把我們開會的地方弄成一個與世隔絕的地方。

警區負責人環視了一周後說：「我相信你們都應該知道這件事的嚴重性了吧。我在訊息中沒有說什麼事發生，就是不希望這件事讓傳媒的朋友知道。這件案件的新走向是屬於我們城市警局的機密。重案組上司你來說一說吧。這起案件是你們重案組負責的。」

重案組上司帶著愧歉的眼神說：「我對於這件事很抱歉。在今天早上，有關同僚接到了報案，發現該事件中的七個女生已經全部在家中死亡。由於沒有什麼外傷，所以具體死因需要經過法醫檢驗。」

重案組負責人低著頭說：「對不起上司。這是我的錯！我沒有徹底調查清楚就結了案。希望你能再給我們一次機會去仔細調查。我對此感到很抱歉。」

警區負責人再也按耐不住心中的憤怒，隨便拿起了一個文件夾往重案組負責人砸了過去。要不是重案組負責人眼疾手快地接過了那個突如其來的文件夾，恐怕他將會頭破血流了。

警區負責人火冒三丈地說：「就是你這種人！差點賠上了我們警區的聲譽，甚至是我們城市警局的聲譽。你這個人知道你到底做了什麼東西出來嗎？隨隨便便就能結案的嗎？你腦子到底在想些什麼呢？」

重案組負責人依舊低著頭：「我對此感到非常抱歉。我希望你能夠依舊相信我們組的工作實力。我相信我們組將會將功補過。希望你能再次地相信我們。」

警區負責人閉上了眼睛思考了一會兒，頓時那個房間寂靜無比。這種安靜的程度的確讓人感到可怕，那幾秒鐘的時間就好像過了幾個小時一樣。每個人都目不轉睛地看著警區負責人，看看他有什麼的安排。特別是重案組負責人眼裡幾乎只有警區負責人，因為他也可能知道這樣的情況，他很有可能會因此失去工作或者是降職。對於警察來說，失去工作甚至比降職好多了。原因就是在於那一本對於警察很重要的檔案本。只要有上司把檔案本寫得亂七八糟，那麼這名警察就基本上沒有了任何升職的機會了。恐怕重案組負責人就是在害怕這種情況出現吧。

在經歷那幾秒鐘後，我的心情變得異常沉重了許多。因為我不知道警區負責人會不會把那件案件的所有警察全都一起懲罰，即使我們組沒有任何調查案件的主要機會。但可以肯定的是，警區負責人才不會管這些原因。因為在大部分上司看來，只要是調查一起案件的就是一個整體，並沒有什麼特別的分組。在那些高級管理層的眼中，「集體處罰」是一種可以迅速提高內在凝聚力的機會。但是，我對於這種沒有科學依據的方法更是嗤之以鼻。

最後，警區負責人發言了。他的決定震驚了我們全部人，就是這起案件的所有警察都成為臨時重案組，連法醫組也被編入在裡面。看來警區負責人是知道我們這些組中有隔閡，而且不是一般的隔閡。他還決定把我們特別行動組的辦公室也暫時搬到原重案組的辦公室內方便進行交流。

這時，重案組負責人皺了皺眉頭。他這種表情就肯定在說明他對這種情況不滿意，甚至是以為我們組是高攀了他們重案組。但是，目前這種情況他不好說什麼。

第十三章：重案新人

隔天，我和前輩就把我們所需要的東西都從我們原來的那個陋室搬入重案組的辦公室。由於，重案組那邊的設備都比我們這邊的完善得多，所以我們沒有特別多的東西要去搬。即使重案組負責人依舊像以前那麼看不起我們，但態度却溫和了許多。可能就是因為我們開始也變成重案組人員的原因吧。

可惜的是，在這一天我們沒有什麼東西做，因為我原來在寫的那份報告也需要重寫。我和前輩就在我們的工作桌前，安靜地整理著我們的工作桌。我不知道我的工作桌多少年沒有人用過了，我的手在上面輕輕一碰就已經是滿手灰塵了。要是我的手在桌上用力一揮，恐怕這個重案組辦公室的房間就已經成為了一個煙霧瀰漫的房間了吧。

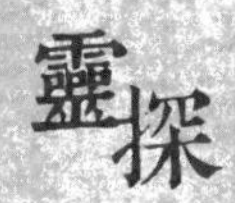

重案組負責人把那些七個女生的案件資料放在了我們的桌上。他叮囑我們一定把那些資料閱讀得倒背如流。我以為前輩會肯定因此發怒，因為他從來就對著重案組抱著不屑的態度。但事實上，但是他也只是默默地點了點頭罷了。

我看了看那些資料，發現那些資料都是和我們拿到的資料是相同的。只是他們那些資料比較詳細，他們的資料中有著那些女生的家庭背景，甚至是那些證人們的家庭背景也是在他們手裡。這個世界上沒有重案組查不到的東西，關鍵在於他們想不想查。只要重案組想查的，那些資料就會原封不動，不加修飾地展示在重案組的眼前。但是，讓人失望的是，那些資料都沒有值得留意的地方。我連忙用電腦放映著那一隻光盤，那一隻光盤中蘊藏著那天攝像頭的視頻。誰知道，讓我感到意外的是那個黑影依然存在。也許，那個黑影的確不是重案組人員的傑作。

整個辦公室現在就只有三個人分別是：我、前輩還有重案組負責人。重案組負責人一直坐在辦公室裡忙碌著，他非常認真地輸入著資料和打電話。與我之前的印象格格不入，我之前還以為他只是以為喜歡邀功而且做事抱著懶洋洋態度的警察罷了。我和前輩由於只是重案組新人，所以我們只能熟讀資料和了解重案組的工作流程。因為重案組的工作流程與工作文化和我們的工作方式是完全不一樣的。對此，我們得重新適應。其他重案組成員都已經出去調查了那七個女生的死亡了。如果我沒有猜錯，他們應該是去了那七個女生的家調查了。我不知道他們還會查到些什麼新的線索，因為在上次保安人員死亡的時候，他們的的確確把那些女生的家庭情況查得非常詳細，十分徹底。恐怕他們這些調查也只是工作流程而已。法醫他們已經開始了對屍體進行解剖確定死亡的原因。如果他們確定屍體死亡原因速度快的話，應該晚上結果就會出來。

過了幾個小時的沉默不語後，我已經對這起案件再次加深的印象。我對這起案件的了解比以前全面了很多，總比以前是一知半解好。我伸了伸懶腰，前輩也向我伸出了大拇指。希望這起案件真的像普通案件那麼容易處理就好了。

過了一會兒，重案組的人員都陸續回到了辦公室。看著他們那些汗水淅淅瀝瀝地滴在桌上，就可以肯定他們並沒有馬馬虎虎地完成任務。他們出去調查就是一整天，這

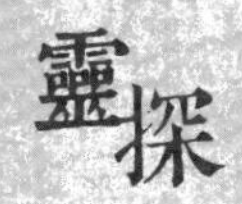

種毅力並不是什麼人都有的。我沒想到我只是在重案組工作幾個小時，已經幾乎徹底把我對重案組的印象改觀了不少。接著，法醫他們也回到了辦公室。重案組沒有給法醫他們休息時間，就直接讓我們全體人員進入一個房間開會。

****

會議正式開始了。

重案組人員表示經過他們這一天的調查發現，他們今天調查得到的內容沒有什麼區別。女生家人對於他們的離奇集體暴斃沒有任何頭緒。更重要的是，在女生死亡的前幾天並沒有和普通女生不同，也沒有什麼離奇的行為。但是，女生家人都猜測這一起集體死亡案件，都是由於她們玩了不應該玩的遊戲或者她們進行了不應該進行的儀式。由於站於警察的立場，一切必須遵循著科學。簡而言之，這些死亡事例連經驗豐富的重案組人員也想不到什麼符合科學的理由可以讓他們集體離奇死亡。

法醫他們也說出了他們的想法，他們無法找到任何原因導致七個女生暴斃。心臟病不是她們的死亡原因。對於死亡原因，法醫也感到非常疑惑。法醫告訴我們，她擔任法醫那麼多年，從來就沒有試過找不到死因的非正常死亡事件。經過法醫的反復檢驗，判斷她們七個女生肯定不會是因為毒品或是虐待之類的常見的死亡原因。對於，是什麼原因她也沒有頭緒。法醫也同時說明，這種離奇詭異的現象根本就從來沒有在醫學界中出現過。因此她也對於這件事無能為力。

重案組負責人生氣地打了桌子一拳。那一拳就好像把他的力量全部發洩在桌子上，桌子受到撞擊後陣陣發抖。即使過了幾分鐘，我們幾個人也無人發言。因為我們並沒有臨時想到底有什麼原因會導致以上的情況發生。我們這個臨時重案組的確沒有想到這起看似可以簡單處理的案件，竟然會變得如此複雜。頓時，我們感受到我們的無能。即使掌握再多的資料，在這起案件面前不起任何作用。就算我們曾經在警察學校拿到最好的成績，知道所有辦案的理論。但是我們也開始變得束手無策了。

對於現在的情況，我已經不再對科學抱有任何態度。在經過那七個女生的死亡，保安人員的死亡和黑影的事情發生後，我也許要改變我以前的想法了。我曾幾何時以為，所有的都市傳說和靈異事件都只是人們的想象力豐富罷了，或者是他們睡眠不足而產生的幻覺而已。但是當事實擺在了我們的眼前，而且我們找不到任何科學的理由去解釋這些現象時，就會感到多麼地可怕和無助。這種感覺就好像

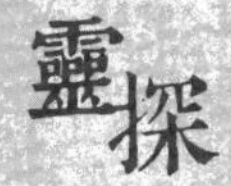

是有一股未知的力量靜悄悄地待在我們的附近，觀察著我們的每一步行動。我們對此也沒有什麼辦法去解決，我們也許也成為了童話故事中的扯線玩偶似的任人擺佈。

第十四章：線索

經過昨天的會議後，我們臨時重案組的所有人員都變得無精打采。可能是因為我們組的的確確付出了足夠了的努力，希望能夠解決這件事。但是，世事往往都會和想象中的結果不一樣。我們這個臨時重案組不僅僅是背負著這起案件死者的心願去找出誰是兇手，再者我們這個組就是背負著我們整個城市警局的聲譽。即使城市警局的局長已經向媒體通知暫時不要放任何資料給群眾知道。因為這些事情恐怕會給群眾帶來不必要的恐慌。但是媒體不會完全聽令于城市警局局長的，因為那麼勁爆的消息要是不公佈出去，他們媒體的收入就會下降。因此，消息封鎖的日子恐怕不會超出一個星期，一個星期已經是極限了。如果我們不能在這一個星期找出事實的真相，我們就會賠上了警局的聲譽。而且警局同時為了保護聲譽會把我們革職。簡而言之，不想沒有工作就得奮進全力地去找線索。

鑒於這件事並不是那麼簡單地就可以處理。我也開始有點思緒，所以我就向前輩請了一天的假。這一天的假我並沒有去遊山玩水，而是去了一條在我們城市中舉世聞名的小巷 - 幽靈小巷。即使這條小巷在我們城市裡面名氣不小，但是人跡罕至。因為這條小巷的陰森恐怖程度，完全不比其他地方的著名鬼屋低。小巷的人並不多，主要的人都是小販。那些小販並不是那些普普通通的小販，都是一些道士和巫婆這類職業的人士。據說你只要把足夠的錢給那些小販，他們就可以做出任何喪心病狂的事情。那些小販的貪慾足以證明一件事 - 只要價錢合理，出賣自己的父母子女都是沒有問題的。要不是為了趕緊了結這一起案件，我才不會到這裡尋找線索和找頭緒。

我正正式式地步入了小巷。在小巷中，溫度驟然下降變得寒冷無比。這個就好像在小巷外是烈日炎炎的夏天，在小巷就會變成了陰冷的秋天。這種感覺實在是太詭異了，讓我感覺這個地方肯定不簡單。這條小巷應該不是造謠出來的。裡面的人都默默地看向了我這個外來者，他們大都沒有惡意，只是單純地看了看我。也許對於他們來說我就像是一位外星人似的，可能實在是太久沒有人進入過這一條小巷裡面了。我默默地尋找著可能對這件案件有幫助的人士。我左看看右看看發現他們的擺設大同小異，沒有什麼特別之處。我在這條小巷中要特別小心謹慎。原因是如果在這裡面得罪了人，恐怕就不是被人揍那麼簡單了，而是可能對你施展巫術降頭。

我小心地放輕步伐在這條路上在裡面探索著。頓時，有一個聲音叫住了我。

我轉了過去，發現是一位眼睛已經失了明的老人。

他邀請了我過去他的小攤做客。我感到奇怪，他究竟是怎麼看見我的呢？但是，我也能理解畢竟我現在身處於就是一條奇奇怪怪的小巷中。

老人說：「小孩。你的靈氣有點兒奇怪。最近發生什麼事情了嗎？」

我挑釁地說：「並沒有。那你說說我怎麼奇怪了？我光明正大得很呢！」

老人微笑了一下，在我的耳邊說：「別想說謊了。我知道你是警察在調查一宗關於靈異事件的案件。」

我驚訝地張大了嘴巴：「沒錯。我的確是一位警察。但是你是怎麼知道的？」

老人又說：「不用管我是怎麼知道的。說吧。你有什麼問題。這條巷子中，我的年資恐怕是最老的了。如果我不能解答，別人更加不能解答。」

我把這起案件的經過全都告訴了這位老人。我知道這個時候的我是違背了擔任警察的原則 - 不能告訴任何不是警察的人士與該案件有關的任何細節。如果違反了這一條原則，被人革職是不容置疑的。但是我想連忙解決這起案件，所以只能違背原則了。

老人聽了我的講的故事後，連忙告訴我東方和西方的通靈遊戲完全不能一起玩的。這種新的玩法要麼不會成功，要麼就會讓身邊的惡靈憤怒。因為平時一種風格的玩法就會可能惹怒他們，要是兩種玩法混合在一起玩，恐怕就不只是惹怒他們惡作劇那麼簡單了，也就是索命。

我接著問老人，「如果有人的確按照這種方法進行儀式那麼怎樣才能解決。因為現在時間緊迫，越快解決越好。」

老人接著說道，「這種事情本來解鈴還須繫鈴人。但是如果繫鈴人死了，那麼肯定就需要一個人來代替。你最好重新看看這種玩法到底是怎樣玩的。因為這種玩法過於新奇，我完全沒有接觸過。到底會有最壞現象發生我也不敢確定。」

我猶豫了一下：「你的意思是不是需要一個人來正式完成遊戲？」

老人點了點頭：「沒錯。我一直不建議人去玩通靈遊戲的。因為這樣會輕則折壽，重則喪命。但是，如果不想任何人死亡或是防止有人再次有人因為這件事死亡就必須有人去正正式式完成遊戲。」

老人看見了我的決心後，便會意地點了點頭。他就沒有再說任何話了，而是轉身從他那個破舊的小攤上，拿出一些東西出來。那些東西分別是一卷破舊的捲軸和一把刀。老人告訴我，那個捲軸和刀子都是會在儀式上用到的東西。捲軸不能輕易打開，如果打開了就必須閱讀完畢和完成儀式。我拿過東西後，便向老人道謝。正當我想拿出錢包時，他連忙打斷了我這個動作，示意我不用付錢。

接著我就拿著那些東西走出了那條詭異的小巷。

第十五章：嘗試

我從那條小巷拿到東西後，沒有馬上打開捲軸。因為，到現在我還不確定自己要不要去完成這個儀式。雖然說如果完成這個儀式，可以保護我們大部分人。但是如果沒有按照當時七個女生那個方法玩，後果就會完全不一樣，甚至是比她們更加嚴重的後果。現在的情況是必須有一個人去體驗這個遊戲而且順利完成。她們會引來殺身之禍是因為她們在玩這個遊戲的途中突然跑了出去，也就是說她們沒有正式完成遊戲。所以必須有一人去體驗玩這一個遊戲而且必須順利完成。如果沒有人去玩的話，我們整個臨時重案組就有可能被她們拖下水。

回家的路上，我的手指不停地在捲軸和小刀上撫摸著。我現在實在是猶豫不定，不知道是不是應該由我去完成這個遊戲，還是推別人去死呢？也許，這個該玩這個遊戲的人也只能是我了吧。因為是我自作主張地去了幽靈小巷，同時也是我請求那位老人並且得到了一些幫助。如果到了現在還像是一個什麼都不知道的警察，這就有點說不過去了。我心中的衝動，一直在慫恿著我去完成這一場遊戲，但是我的理智一直在壓抑著自己。

我終於放棄了這種鬥爭。因為這種無形的鬥爭實實在在地影響著我的思想和我的情緒。我知道如果我不擺脫這種鬥爭，這種鬥爭肯定會無時無刻煩擾著我。於是，我把那卷捲軸和刀子放入了我的抽屜中，希望能擺脫這種鬥爭和壓力。如果可以的話，我希望是我們全組臨時重案組的成員全體平安。最好的情況是，只要那七個女生死了就結束了。我們全組重案組因此也能全身而退。

第二天我來到了重案組的辦公室。裡面的情況混亂得很，如果不知道的話還以為是幾個月沒有清潔人員打掃的辦公室。椅子上癱坐了重案組的全部人員，桌上也有這雜亂不堪的文件和文具。那些重案組人員昨晚肯定通宵工作了，這一點是不容置疑的。我搖了搖幾個人的肩膀，他們依舊在睡夢中。這就可見他們昨晚肯定是體力透支了，而我在我的家中悠閒地睡著覺。想到這裡，我的心中有幾分

愧疚的感覺。這就像我從來沒有正正式式地加入過他們組一樣，即使我在名字上是臨時重案組的一員。

****

我拿著那些文件回到了我的座位上，看看他們昨晚奮力過後有什麼新的發現。經過我十幾分鐘的掃描和閱覽過那些七彩繽紛的熒光筆筆跡過後，我發現那些受到熒光筆洗禮的內容和以前我所知道的內容並沒有什麼出入，基本上和之前是一模一樣的。但是這種結果和我想像的沒有什麼區別，因為也許以科學的角度的的確確沒有什麼線索可尋。

這時，前輩步入了辦公室。

前輩打著哈欠說：「你這個小子的想法可真優秀。你真的很優秀！什麼時候都不請假，就偏偏要我們忙得都忘記自己是誰的時候請假。」

我搖了搖頭：「我不是這種人。昨天我是真的有事情才請假的。對了，你們昨天有什麼特別的發現嗎？」

前輩變得激動起來：「別和我提這件事情了。我昨晚眼睛就幾乎就沒有合起來過。你知道這是什麼概念嗎？你知道嗎？我昨天肯定看了那些文件不只一遍了。每份文件都看了三遍以上。也沒有發現什麼值得留意的地方。」

我升起了大拇指：「我肯定知道，從你的黑眼圈就能看出來。到底是什麼人做得呢？竟然可以做得那麼完美無瑕。我真的感到佩服。」

前輩點了點頭：「要是我們解開了這一件案件的真相，恐怕我們的名字將會留在警察的檔案歷史中也不一定。因為在某一部分來說這一起案件可以算是懸案了。」

前輩說完，他就轉身回到了他的座位中。

由於我現在沒有什麼頭緒，只能在我的座位上默默地發著呆。我並不是不想工作，而是因為現在的我是無從入手。不對，是我目前不想那麼快插手，那麼快把雙腳都插進泥潭裡面。我想起了家中的捲軸和刀刃，如果實在沒有辦法我也只能按照那位老人的方法去做了。

現在只能做好最壞的打算了，也就是我要把自己給拉下水。因為我也不想再處理這起案件了。於是，我重新看了那些檔案的資料，我閱讀得十分仔細。這種仔細程度我從來沒有試過，幾乎每一句句子我能夠斟酌一分鐘。我知道我一定要做到這樣子，因為有什麼過錯的話，連累到的人將會是我自己本人。我特別是把那些在案發現場中出現過的五毒，蠟燭都一一記下。因為這是我進行儀式必須有的東西，而且我還把那些數量都清晰地記下。

我不知道如果我玩這個遊戲會有什麼後果出現，但是目前的方法只能夠是按照那位老人的說法去完成了。當一條路沒有方法的時候，另外一條路也許是一個不錯的選擇。也許這條路前路茫茫，充滿著不明的因素和潛在的危險，但是也許只要闖過去了就成功了。換一句話說，這也可能是人生中的真諦吧。

我沉思了一會兒，決定一定要去完成這個儀式了。

我便邁著沉重的步伐往著門口走去，也許我有可能不能夠再次踏入這個辦公室。但是，為了我們這個組的安全，我也只能硬著我的頭皮往前沖了。

如果可以的話，我真的希望可以再次踏入這個辦公室。

第十六章：捲軸與刀刃

我回到家後在抽屜中拿出了捲軸和刀刃。即使我不想打開那卷捲軸，但是那卷捲軸彷彿有一種魔力一樣引領著我打開它。我慢悠悠地拉開綁在捲軸上面的殘舊布條，頓時捲軸從自己緩慢地張開，裡面的內容也展現在了我的眼前。上面的內容並不是現在通用文字，而是文言文。

「我的天？！不會吧！」我自言自語道。我懊惱起來，因為從中學開始，中國語文課程的文言文課就不是我的強項。我每次在文言文考試中考得合格的分數，我已經很感激我自己了。儘管每次文言文考試我都是盡心盡力地去考，可是成績往往差強人意。誰能想到古人怎麼那麼聰明？一個字竟然有那麼多意思，更不用說「通假字」那些知識了。而現在，文言文再次出現我的眼前，我實在是沒有辦法，

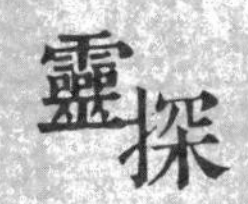

只能拿起封面沾滿灰塵的文言文專用詞典了。

經過幾個小時的努力，我終於大概知道裡面包含著什麼內容了。我甚至覺得文言文詞典的每一頁都已經被我的手指撫摸過了一遍。捲軸中的內容無非是關於中國祭祀的常識和一些古代東方通靈的方法。

這時，我注意到了兩個名詞。這兩個名詞和別的內容不一樣。這兩個名詞及其解釋都是用硃砂寫成的，那段文字通紅通紅的，就像是故意地讓人知道那兩段文字特別重要。別的段落不看沒關係，這兩段不看肯定會後悔。於是，我就仔細地閱讀了起來。

幻間 - 古代東方通靈的場所。這個場所並不存在於世界中，而是存在人類的意識中。人類可以與鬼魂或者來自於陰間的物質進行交流。同時，幻間也幾乎是屬於陰間的一部分。因為部分人進入了幻間中就沒有再次成功出來。如果有人能成功出來，也有可能是已經變成精神失常或者變成另外一個人。任何通靈方法又是能進入幻間的，因為所有儀式都只有一個目的 - 通靈，因此到達幻間也可以是視為成功完成通靈遊戲的指標。如果想從幻間出來，必須要鬼魂幫忙或是自己必須找到方法出來。因為幻間眾多，所以方法並不能一一列出來。切記，在幻間中不能死亡，死亡將會變成行屍走肉，現代用語為「植物人」。進入幻間次數不宜過多，因為據說這是會折壽或折福的。

斷魂刃 - 斷魂刃為東方通靈兵器之一。斷魂刃和其他東方通靈兵器相同，可以同攜帶者一起進入幻間。斷魂刃的作用是滅魂。滅魂的意思是徹底消滅。無論是鬼魂還是人類，只要是被斷魂刃擊殺就不復存在。超生的概念不會在斷魂刃面前有苟活的機會，因為斷魂刃在東方通靈兵器中代表著終結。斷魂刃一直會連同攜帶者的靈魂自動連接在一起，這也和東方通靈兵器一樣。

我閱讀完後覺得不可思議。雖然在我看來這看似不可能，但是也被說得頭頭是道。這種情況的確讓我不得不相信起來。如果我沒有猜錯，我得到的刀刃應該就是斷魂刃了。我摸了摸刀柄感受著它的劍氣。這時，我不小心地輕輕碰到刀刃，我的血便一滴一滴地落在了刀刃上。刀刃上的血液並沒有像正常一樣往地上滴，而是往刀柄方向回流直到刀柄那個鬼怪的嘴巴處。我來不及驚訝，那把刀刃頓時散發出陣陣煙霧，讓我的房間變得白矇矇的。稍等煙霧散去，那把刀刃重新出現在了我的面前，那把刀刃上面竟然出現了兩個字 -「禮成」。過了一會兒，字就慢慢地隱匿了，就像是那些字符從來沒有在刀刃上出現過一般。

****

經過我幾個小時的在城市尋找後，終於找到了那些女生們玩遊戲需要的東西。白色蠟燭這些普通的東西還是蠻好找的。但是，五毒這些東西實在是耗費了我大量的心血，因為「五毒」這些東西過於荒誕。最後我只能在一個荒廢到不行的操場上，等了許久，才等到這些東西出現。我把那五隻東西分開放進袋子中，我實在是把他們會內訌。畢竟他們可是五毒。要是他們內訌了，我可就沒有那麼多時間再次守株待兔了。

過了一會兒，我便來到了學校。這個學校晚上去的話，會感到陰風陣陣或者不舒服的感覺。看見學校已經關門，整個學校只有一個保安室尚在處於開燈的狀態。我感到竊喜，便直接翻牆進入學校。但是由於我的東西過多，實在是不方便。於是我就先把袋子那些東西扔了過去，但是一扔我就知道事情變得壞了。我一扔那些五毒像逃難的人一樣全都跑了，我連忙用我最快的速度收集那些「五毒」。由於我沒有戴手套，過了一會兒我的手便開始變得發腫和發燙起來。

我來到了洗手間後，便連忙迅速地佈置現場，就把那些女生的場景佈置重演了一遍。我把那些白色蠟燭和五毒，像那七位女生一樣安置著這些東西。我坐在了蜈蚣的面前，期待著什麼東西將會發生。可是過了一會兒，我看見了我自己竟然坐在對面。對面的我就像是鏡子的我一樣，但是他並沒有像鏡子裡面的我一樣一步一步跟著我的動作。這時他開始做了一個又一個手勢，每當他做完一個手勢都會看看我有沒有跟著他做。就這樣來來回回了十幾次後，他停止了所有的動作。他也沒有說話，而是開始合起了他的雙眼，安靜地坐在那邊就沒有任何動作了。

我接著也學著他閉起了雙眼，默默地等著。這時的我盡量用聽覺代替視覺，提防著一些意外發生。

這時，好像有無數股氣流在我的身邊互相衝撞著我。那些氣流的力量絕對不比一個年輕人的拳擊力量輕。我默默地承受著那些無實體的拳，就像是我是那些氣流的人肉沙包一樣。即使我已經快被打得吐血了，甚至有好幾次我感到了有些液體湧上喉嚨。我也不敢發出任何聲音。因為我生怕會影響這個儀式進行的過程。

這時，有人拍了拍我的肩膀，我張開了雙眼。我看見了那個對面的我改變了容貌，那個人眼睛沒有眼白。取代眼白的顏色，是無盡的黑色。他的指甲也在慢慢地變長和變得比剛才更加鋒利直到陷進我的肩膀中。他慢慢地打開了他的嘴巴，露出了他的尖牙咧齒。我這時想逃跑，但是

已經發現身體已經動彈不得了。他的嘴巴越長越大，這種的大嘴已經超過普通人能張開的程度了。隨著他的嘴巴越來越大，一些無法形容的聲音一次又一次地刺激著我的鼓膜。他並沒有咬向我，而是在我的肚子上重重地打上了一拳，那一拳比剛才氣流拳擊的重量重得多了。這種痛處就彷彿是被一輛大卡車以迅雷不及掩耳的速度撞向我。這一拳就好像要把我置於死地一般。

頓時，耳鳴在不知不覺間找上了我，並且開始眩暈。周圍的事物開始變得彎彎曲曲起來。

我看見了他毫無表情地走了過來，便直接再次地在我的肚子上揍了比剛才還要重的一拳。那一拳直接把我打成沒有了任何知覺，我只能感覺到我肚子裡面的五臟六腑已經扭在了一起了。

第十七章：幻間

不知道過了多久，我才從迷迷糊糊的情況反應了過來，肚子的疼痛感幾乎感覺不到了。正當我定睛一看，發現我醒來的地方並不是學校的洗手間，更加不是學校其他的地方，而是在一座山上。這一座山聳立在大地上，但更確切地說已經是高聳入雲了，包圍著大地的是黝黑黝黑的海水。那些海水根本不是普通的海水，那些海水不時地冒著氣泡，還伴隨著一些刺鼻的氣味。包圍著我的不知道是白霧還是雲海，那些霧氣像有靈性一般不停地在我的身邊迴繞著。不管我走到哪裡，走得多快，那些霧氣依舊鍥而不捨地環繞著我。這種突如其來的情景，我並沒有感到任何驚訝或者詫異。因為我知道我來到了幻間，也就是那卷捲軸上面記錄著的地方。

我在那座不知名的山上仔細地搜尋著線索，看看有什麼發現。因為如果沒有找到任何線索的話，或者我找不到出去方法的話，我這種行為就像是一種自殘或是自殺的行為。

由於那裡的霧氣不停地迴繞在我的身旁，讓我感到十分不舒服。這種不舒服的感覺無法形容，好像是我的身旁有許多人擁擠著我在中間。這種感覺就像是我在一團無形力量緊緊地包圍著，讓我寸步難行。而且那些白霧不停地擾亂我的視線，讓我的視線範圍不是很廣闊。這時的我只能看一步走一步。我不知道前面有什麼危險，如果有毒蛇或猛獸的話，那就只能聽天由命了。但是，這個地方並不是普通的山，應該不會有什麼毒蛇之類的吧，我默默地安慰著自己。

不知道走了多遠的路了，周圍的景色還是像剛才一樣白矇矇的一片。前面的山路還是像剛才一樣安靜地在我的面前等待著我的到來。周圍的樹木被風吹得發出沙沙的響聲，但是那白霧依舊在我的面前，並且沒有絲毫散去的先兆。我開始意識到這種白霧可能並不像是白霧那麼簡單了，但是具體是什麼東西我實在是沒有任何頭緒。

我再走了一會兒，終於看見了一個木屋。那個木屋並沒有什麼特別之處，但是一個木屋突然出現在這種地方就會有一種說不上來的詭異的感覺。我輕輕地敲了敲門，看看有沒有人在裡面。過了一會兒，便有一個老婦人出來開了門並邀請了我進去做客。由於我沒有任何選擇，也不好拒絕她的邀請。因為我並不想在這樣的白霧迷宮中再無頭無盡地走著探尋著這個詭異的世界。

老婦人邀請我進去做客，裡面還有一個小孩子。那個小孩子應該還是處於懵懂的年紀。他沒有看向我，而是自娛自樂地和一些木頭玩具玩耍。老婦人從廚房了拿出了一碗綠色的水出來放在了我的面前，那碗綠色的水飄著一陣一陣的霧氣。我感到一股噁心。我發現老婦人走的時候，會發出一些金屬碰撞的聲響。我一看原來老婦人的雙腳被一個鐵環綁住，那位小孩子也是如此，這種鐵釦和警察專業用來綁著犯人的沒有任何區別。難道他們是被某人囚禁在這裡的嗎？

老婦人用著她全黑的眼睛盯著我說：「年輕人。你怎麼突然來這裡了？這裡不是隨便能來的。你到這裡來有什麼事情嗎？」

我說：「在這裡我是想調查案件的。不知道之前有沒有七個女生曾經過來過？」

老婦人點了點頭：「有。那七個女生不知道怎麼突然會來到我們這個空間的。我要邀請過她們做客。她們人是蠻好的，是一群蠻可愛的小女生。」

我問道：「我明白。那麼，那天有什麼特別奇怪的地方嗎？對了，有沒有一位保安來過這個地方？」

老婦人沉思了一會兒：「保安倒是沒見過。我對於這個職業沒有任何印象。我記得她們那天都好好地從我這裡離開。但是，她們有沒有正常離開這個地方吧，我就不太確定了。」

我皺起了眉頭：「你這句話是什麼意思？難道還有什麼隱情嗎？」

老婦人：「如果你能找到方法來這裡，那麼你應該知道冥使吧。」

冥使這一詞彙出自我得到那卷捲軸上，對於冥使的印象我絕對不會忘記。捲軸上面記載著冥使並不是一般的人物，而是幻間的使者。他的職責是保護著幻間免受陽間的打擾。冥使一般看到陽間的人都會格殺勿論，因為冥使的職責是消滅一切和幻間沒有關係的東西。冥使一般沒有固定的形態，他們可以化作任何不同的形態。但是，可以確定的是冥使全身都是黑色的而且帶著兵器。通常一個幻間只有一個冥使來守護。五角星一直是冥使害怕著的東西。如果想逃離冥使的話，畫上五角星即可，但是必須在冥使觸碰你之前。冥使一旦觸碰到了人，這個人就等於被下了死亡的詛咒，因為冥使會一直追殺著那個人，直到成功擊殺為止。

我點了點頭。發現這件事情開始變得不簡單了。那七個女生或者那個保安就是被冥使所奪命的。五角星和案發現場發現的不謀而合，那七個女生也知道冥使要逃命。但是，她們可能在千鈞一髮之際被冥使觸碰了，所以五角星也沒有用處了。這也可以解釋為什麼那段視頻中會有一個詭異的黑影存在了。我點了點頭，發現這次的收穫還是蠻多的。但是，那個保安身上的黑線依舊還是一個謎團，這也許並不關幻間的事吧。我希望如此。

我看了看老婦人腳上的鐵鉗，感到心疼。覺得應該一個老人家並不應該受到如此的痛苦，當然了，那個小孩子也是如此。正當我想幫他們解開時，我的雙手皮膚開始燃燒起來，那雙鐵鉗也泛著火熱的紅色。那一種紅色就彷彿是剛剛從熔爐中打造完畢的鐵鉗。當我遠離鐵鉗時，我的雙手就沒有燃燒了，而且鐵鉗也變成原來的顏色。

我問了問這是怎麼一回事。

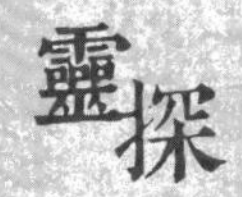

老婦人從頭上拔了一根頭髮，放在了那碗綠色的水中。那晚水頓時變成了白色，就像那根白色一樣白。這種白色直接明了地讓那根白髮消失了。

老婦人告訴我喝下去就明白了這一切的真相了。

第十八章：回憶

我是一名農民老婦，在家鄉那邊有著幾十畝田地。這種情況讓我不用擔心任何糧食的問題，甚至錢財的問題也不用擔憂，因為一年土地收入可以供我們全家好幾年的生活需要了。可惜好景不長，就當我想我能好好享受退休生活的時候，我們那邊的人都紛紛游泳逃去別的地方開始新的生活。因為我們老家那邊據說是開始環境變得不好了。也有人說是游泳過後，那邊就是另外一個新的世界。那個是一個擁有著到處都是黃金的地方。鑑於這種說法，有很多人都冒著生命危險地逃到了那個地方，因為他們都想迅速地變成百萬富翁一樣的人物，想像百萬富翁一樣從此過上不需要任何擔憂著自己的生活。但是，這種不斷有人逃離的現象驚動了當地政府。所以，從那一段時間起海灘海

邊就有著許多軍人在那邊防守著不讓任何人往外逃。

即使是這種情況，我家鄉那邊還是有著許多人想冒著這個險去闖一闖。由於這種的情況，我家鄉那邊的人也變得越來越少。那些房子都可以達到十室九空的情況了。不巧的是，我們那一年的地結不出任何果實，就連一根雜草也沒有。這對我們的情況很不妙，現在別說是多餘的資產了，連自己的食物也出現了問題。

我的女兒和女婿就提議，他們帶著一些家當過去那一邊。他們可以先過去看一看情況如何。即使我很不願意家裡人分開，但是目前的最好情況也的確如此。我也沒有更好的辦法，也只好讓他們去闖闖看了。過了許久，我沒有了他們的消息，就連一封信也沒有得到。眼見家裡的錢財快用光了，我便帶著我的孫子就往海灘走走，希望看看能不能也去闖一次。

那一夜，是我歷經最辛苦的一晚，我不知道游了多少個小時才到達了對岸。慶幸的是我孫子的生命還是蠻頑強的，他沒有任何生命危險。因為我知道這次旅途實在是太辛苦了，能夠活著到達就已經是莫大的幸運了。但是，我的問題來了，我現在可算是身無分文的狀態了。這時候，為了我的可愛孫子只能走出沙灘，看看這個滿地黃金的地方。

我在黃金滿地的地方，沒有找到任何黃金。我才意識到這也許是他們的比喻而已。那些穿著錦衣華服的城市人都對著我這種裝扮露出著一種不屑的表情。有的人甚至在我的面前吐口水，有的人則會在我的面前進行謾罵，那些粗言謂語像一根根針一樣深深地扎進了我的心裡，像刀一般留下了一條條深深的印記。我對此我也沒什麼好說的，因為我知道在他們看來我現在的地位的確比他們地位低。

由於，我們沒有任何錢財，我只能和我的孫子在後巷那裡找一些吃的東西。那些都是本來我這一輩子都不會接觸到的東西都出現在了我們面前 - 別人的殘羹剩飯。要知道我以前可是一位不愁吃不愁穿的人！為了生存我只能委屈著我的孫子吃著這些垃圾。我竟然會和蟑螂蒼蠅一同進餐。這更是我從來沒有想象過的景象了。

就這樣過了幾天，我和孫子在路上走著的時候，我在路上看見了一位中年男子。那一位中年男子看到我們這樣的狀況，他很同情我們的遭遇，便請了我們吃了一頓飯。他告訴我們只要跟著他，我們就會豐衣足食像以前一樣不用沒有擔憂著自己的生活了。我信以為真地跟了他們進了一個工地，到了那裡我才發現人們的可怕。我到了那裡後，

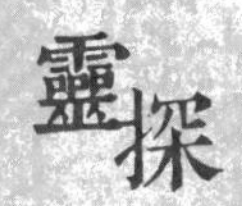

發現那裡是一個道場，並且有著兩個棺材一大一小，有著十幾個壯漢。頓時，我和孫子被他們五花大綁起來，並且被他們放入了棺材中。即使我聽見了孫子的啕號大哭，我沒有什麼可以做的。直到現在，我孫子嚎啕大哭的哭聲我每天都記得。當我聽見他們把棺材釘插入棺材時，我就知道我出不去了。

過了許久，我和孫子就來到了這個終年被白霧籠罩的世界了。我和孫子在這裡沒有變老過，就像是我們是剛剛來的那一個地方的模樣。我們在這裡年復一年，日復一日地在這裡生活。我這些天沒有人類應該有的慾望，就好像是餓了想吃飯的感覺。我只感受到每天活得像行屍走肉一般，可能已經和行屍走肉沒有任何區別了。

****

突然間，我的意識就回到了那一個木屋中。那一位老婦人頓時已經淚流滿面了。那些淚水不停地從她那一雙全黑的眼睛不斷地湧了出來。我不知道這時積攢了多久的怨恨和失望才有這麼多的淚水出現。我不知道他們那天到底發生了什麼事，但是應該不是普通的謀殺案了。我希望能夠幫助他們，可是我並不知道我該怎麼幫。看著他們那些鐵鏈，看到他們的遭遇，我不知道我能夠做些什麼。

　　這時的我感到一股殺氣在逼近我們這個平凡的木屋。那一個殺氣開始變得越來越重，腳步聲也開始變得越來越重。老婦人頓時張大了眼睛和嘴巴，便讓我直接躲了起來。老婦人應該是知道什麼東西快要來了，連忙把她的孫子也放在了衣櫥櫃中去保護他。我躲在了桌子底下，緊盯著那一扇大門。

　　伴著腳步聲越來越近，門外也出現了兩條腿的影子，我慢慢地屏住了呼吸。

　　敲門聲也慢慢地在我的耳旁響起了。

第十九章：追逐

那些敲門聲沉重地敲在了門上。門上的震動在周圍寧靜的空間中成為了引人注目的主角。我沒有讓我的思緒離開那一扇門，因為那一扇普通的門很有可能決定著我是否有機會返回到現實空間的機會。那位老婦人瑟瑟發抖，特別是那雙充滿皺紋的雙手，她已經沒有力氣去打開那扇門了。我不知道到底是什麼確切的原因讓她那麼害怕，但是鑒於我目前對於幻間的理解是站在門外的並不是普通的鬼魂。那個站在門外的生物或許就是那位在幻間大名鼎鼎的冥使了。

在這時我的思緒呈現出了一片空白，什麼都沒有。即使我知道五角星可以暫時威嚇冥使，但是我看了看周圍沒有任何能反射東西的物體，連那唯一的窗戶也附在了那扇木門的旁邊。我現在貿然過去畫上五角星是不可能的事情。因為這樣子的話，我可能會在幻間死亡，就算沒死也是有很大機會會受傷。我不敢擅自行動，在這個世界 - 幻間就不是一般人能進進出出的世界了。這個世界裡面的規則我還沒有完全搞清楚，我根本不能輕舉妄動。

這時我看見灶台那邊有一把刀子，好像在默默無聲地呼喚著我過去。

我連忙跑過去拿了那一把閃著亮光的刀子在手上劃上了一個五角星的圖案。我拍了拍老婦人的肩膀，老婦人看了看我並且搖了搖頭退到我的身後了。我抓住了門把，默默地擰開那一扇木門。正當那一扇木門打開的一際之間，那一股殺氣頓時升級了好幾倍。我打開門後，看見了並不是奇形怪狀的怪物，而是和我一樣擁有著我一模一樣的相貌。但是，他的皮膚和衣服都是黑色的，他手上的兵器也是我從老人那裡拿到的兵器 - 斷魂刃。他一點點地露出了他的笑容，嘴角也漸漸地拉高露出了他的尖牙。他的眼睛頓時散發出紫藍色的火焰，我下意識地連忙伸出我刻有五角星的手掌，我的手上的五角星頓時散發出紅色的光芒，手上也出現了就像在被火燒的感覺。冥使頓時像是被石化了，眼睛的火焰也頓時蕩然無存。正當他遲疑的一剎那，

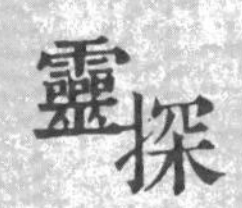

我連忙從門的縫隙沖了出去，避免和他有什麼肢體接觸。如果有肢體接觸，我肯定就是必死無疑了，畢竟那個是像是死亡詛咒的東西。

於是，我離開木屋後不要命地往前跑，什麼都不管地往前衝。因為我知道這個世界最危險的東西就在我的身後，我身上的求生本能不斷地督促著我迅速往前跑。當我往回看時，冥使也跑了過來，那兩團紫藍色的火焰比剛才的不知道耀眼了多少倍，貌似是我剛才的行為惹到他了。他的跑步速度簡直不是人類，就是就可以媲美一隻飢腸轆轆的猛獸。一眨眼，他竟然衝到了我的面前，擋住了我的去路。我和他四目相交，他眼睛衝出來的殺氣我一輩子都忘不了。更不用說，剛才的速度徹底碾壓了我生存的希望。

他站在了我的面前，一步一步地在向著我靠近。相對應地，我也一步一步地往後退，我不知道有什麼辦法可以逃離這種險境。我現在唯一能做的，就是盡量小心地不要被他詛咒。霎時間，我身後的路面逐漸瓦解消失，且還慢慢地變成驚悚的懸崖。在懸崖下方就是那些不明液體 - 冒著泡的黑水。那些黑水的泡泡彷彿就在等著我掉下去發出讓人發涼的笑聲。

由於我的生存空間不斷變小，我不小心地踏錯了腳，幾乎快要墮入懸崖之中。我的五隻手指還在懸崖邊上，默默地屈辱求存。我的手指和手臂在劇烈不自主地發抖，這是快要力竭的先兆。我此時頭上已經大汗淋漓，我在這一刻實在想不到什麼方法才能逃出生天。這一刻絕望再次悄悄地衝入到了我的思想中去了。這一刻除了絕望，我的腦袋中就沒有了別的東西。眼見他的腳慢慢地想踩到我的手，想對我下死亡詛咒的時候，我趕緊鬆開了手。我心想：「就算死，也不能被這種不明不白地東西奪取生命。掉下去，運氣好的話，或許還能有一絲生存的機會！但願如此！」

我慢慢地墮進了懸崖，懸崖邊也開始離我越來越遠了。沒等多長時間，冥使也跳了下來並且再以非常快的速度跟我靠近。

我心想：「我的天？！不會吧，他是不是瘋掉了？他彷彿對他的使命十分忠誠 - 消滅一切外來者。」

即使他的命沒了也是沒關係的。冥使的身影在我的面前逐漸變大。

在他想伸手觸碰到我的一瞬間，我已經墮入到了黑色的墨水之中。那些黑水有生命一般不停地湧入了我的鼻腔之中。這種感受難受的很，那些黑水不停在我的鼻腔中到處湧動。一眨眼的時間，我的喉嚨也因充滿了黑水造成呼

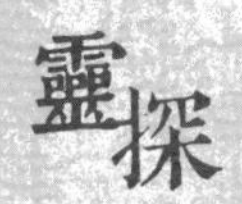

吸困難。我雙手不斷地往身邊四處亂抓，希望能抓住什麼東西能夠讓我浮出水面。但是事與願違，我的意識在逐漸地離我遠去，眼前的景象也慢慢地模糊了起來。

頓時，我返回到了那個四樓的洗手間中。我沒有感到意外，而是感到慶幸，原因是不用死在幻間之中，原來跳入黑水就是回到現實世界的方法。但是，我沒有為我的成功高興太久，因為我知道冥使之所以跳入黑水，是因為他也知道來現實空間的方法。我連忙用我的斷魂刃割破了我的指頭，頓時鮮血直流。我連忙在指頭放在了鏡子上面畫上了幾個五角星的符號，這種五角星的符號對於現在的我來說就算是一種護身符了。畫完後，我覺得畫幾個還沒夠。於是，我才把那些鏡子和窗戶都通通畫滿，以防萬一。我無法知道，即使我現在這樣做，冥使最終會不會找上門。但是我目前做的都是我能做的全部了。

頓時，我感到我的五官都出現了冰涼的感覺，這種感覺就像是在流汗。我擦了擦我的臉龐，鮮血佈滿了我的雙手。那麼多鮮血，肯定不只是來自我的指頭。我連忙找了找鏡子，發現我的臉龐的的確確都被鮮血籠罩著。那些鮮血並不是來自別的地方，而是來自我的七竅，也就是常人所說的「七竅流血」。

經過我剛才和冥使的追逐戰後，對此已經沒有了任何慌張的情緒了。因為進入幻間本來就是一次玩命的體驗。這次進去幻間能夠平安出來已經是幸運得很了。經過這一次戰役後，我才知道幻間是的的確確存在的。更重要的是，有的時候真相存在於暗處，不容易被常人發現。

現在可以斷定的是，那七個女生應該是被冥使所殺的。鑒於她們身體上沒有任何傷痕連那一條神秘的黑線也沒有。而且她們的死亡時間都相同，這樣有能力做的也只能是冥使了。那一名保安人員的死亡應該和冥使沒有關係，如果是冥使的話，他殺人應該不會留下任何痕跡。再者，就是冥使只會去獵殺進入幻間的人。而保安並不是和七個女生一起的，所以冥使殺保安人員的機會會很低。我不知道這些理論正不正確，因為這些只是我的猜測而已。

正當我想回收那些五毒時，發現他們還是活生生的，充滿了生命的跡象。而且五毒他們也沒有受到刀子劃破的痕跡。

第二十章：失蹤

我那天從學校回到家的途中，那些路人都向我投來了異樣的眼光。因為我的衣服被我的鮮血染色了，我沒想到從我的五官流出來的血液竟然可以把我的衣服染得通紅。我的鼻子和喉嚨傳來了一陣陣的血腥味充斥著我的大腦。

那些路人幾乎沒有走過來關心我的狀況，取而代之的是，在我的旁邊竊竊自語議論著我，有的人還拿出了手機進行拍照。倒是有幾位大哥衝了過來攙扶著我，問我需不需要幫助。我連忙謝答了他們，因爲這些傷應該能自我復原的。要是被那些路人給醫院打電話了，估計我得耗費幾天做那些檢查了。

回到家後，我脫去了那些擁有著鮮紅色的衣物。我的肩膀上還殘留著血液和汗水的混合物，我不知道我到底因為進入幻間而流了多少血。我把那些衣服放入洗手盆進行清洗的時候，那純淨的水一觸碰到衣物時，就變成了紅水。如果不知道的話，也許還會以為是充滿血腥味的番茄湯。

經過無數回用水拭擦過後，我的衣物終於恢復了原本的面貌。但是，依稀地還能看見衣物上面還有輕微的紅色在上頭。我只能搖了搖頭，並歎了一口氣把那些衣物放入了洗衣機內。如果我洗成這樣，洗衣機還是洗不乾淨的話，我肯定會拿一塊磚頭砸向洗衣機。畢竟那些衣物浪費了我的心血和時間！如果不先在洗手盆清洗直接放入洗衣機清洗的話，那麼不出兩個小時，我的洗衣機就會充滿著濃烈的血腥味。運氣差的話，會把我的其他衣物一併染紅。到那個時候，我估計我連洗衣機也得重新買一個了。

頓時，我的手機響起了訊息提示的聲音。

我打開了手機打開了訊息頁面并閱讀了起來。那一條訊息是前輩發給我的。他告訴我七個女生的案件又有新的命案發生了。這一件命案已經再只是關於那七個女生了或者她們的家人了。更要命的是，我們有一位同夥失了蹤。前輩讓我明天早點到辦公室，因為明天臨時重案組會重新開一次會，專門針對這些事情的應對措施。

我對這些事情已經感到了麻木，因為這些事情近期實在是發生得過多。就好像每一次行動，我們都是被動的。準確來說，我們就是狙擊槍上被瞄準的獵物一樣。我們的每一次行動都在對方的眼皮底下，讓我們動彈不得。

****

第二天我來到了臨時重案組的辦公室，那些警員都神色凝重。即使他們在命案都身經百戰，但是也無法不得不對這起案件提心吊膽起來。他們的眼睛已經沒有了昨日的鬆懈，取而代之全是堅定的眼神。他們眼睛裡的血管變得通紅，可想而知，他們昨晚並沒有睡安穩覺。其中的原因，我們都知道也許我們明天某一個人的名字會出現在失蹤人員名單上或是死亡人員名單上。當主角是自己時，那種緊張的氛圍一直徘徊在我們的周圍，就像是永遠揮不走的東西死纏爛打地纏在我們的身旁。

重案組負責人拿了一堆文件走了進來，他的眼神充滿了疲憊。

重案組負責人無精打采地說：「我相信你們都知道發生什麼事情了。我們昨天剛剛知道有一位同夥失蹤了。截止到昨夜凌晨，我們沒有獲得任何消息。直到今天早上，我們才得知他的屍體被發現在一處山腰那裡。根據當時發現人表示他們沒有看到死者有什麼外傷，只是認為他是一位醉漢。當他們觸碰到他的臉龐時，才發現了不對勁。然後，我們的夥計發現了他的臉龐異常地冰冷。」

我又問：「那還有什麼發現嗎？如果突然死亡的話，這件事情太詭異了。」

重案組負責人點了點頭：「我知道。為了避免他們記錄案件出了什麼差錯，我還專門到達了案發現場調查。結果發現我看到的和他們描述的一模一樣。那一股冰冷的感覺不是可以隨便想象的。那一種冰冷簡直可以和剛從冷藏室拿出來的冰塊媲美。你們知道這是什麼概念嗎？我推測過是不是有人曾經把屍體放入過冷藏室。但是具體是什麼情況，要看法醫那邊調查的怎麼樣了。」

法醫也搖了搖頭表示了否定：「我今天和我的助手調查過了。那一具屍體絕對不是從冷藏室剛剛拿出來的。屍體的狀況就像是常溫一樣。但是溫度之低沒有讓屍體發生任何變化，這是最奇怪的地方。」

我提出了我的疑問：「請問你這是什麼意思？我不是很了解。」

法醫又耐心地解釋：「那我舉一個例子吧。簡單來說，屍體變冷，屍體會收縮這是必然發生的現象。但是我檢查的時候，那一具屍體並沒有發生任何收縮的現象。而是和

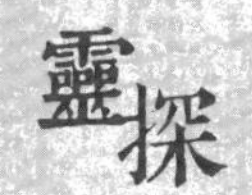

常溫一樣。常溫的意思是他的身體狀況就好像是還沒死，但是明明心臟已經停頓了。這是最奇怪的地方。對了，我剛才忘記說了，那一具屍體同時也有我們發現屍體的黑線。這個也是比較奇怪的地方。」

黑線的再次出現勾起了我的思緒。我知道這次黑線絕對是重要的線索。假如說七個女生是因為死亡詛咒而死亡的，那麼黑線絕對不只是死亡詛咒那麼簡單。也許，賦予黑線的那個人也是來自幻間，因為保安死亡那天那人也肯定在場。但是這個推測也只是一個推測，沒有任何實質性的證據來支持我的想法。

看著他們還在議論著案情，他們說的東西之前已經說過了無數遍。但是現在他們還要拿出來重複地，不厭其煩地說就知道這件案件多麼地棘手。即使是原重案組的人員也無一不感到恐懼，這種恐懼的感覺再次充斥著我們的辦公室。

要是我沒有到過幻間，我也絕對不會相信這件事情有那麼曲折離奇。我不知道我怎麼才能引導他們往另外一個方向去討論，因為幻間這個地方在現實空間根本不存在。讓警察去相信不存在的東西是十分困難的，更何況要讓他們去討論一個不存在的空間，這無疑是難上加難。

第二十一章：耐人尋味

那天下班時間到了後，臨時重案組辦公室裡面的所有人集體下了班。這是以前沒有發生過的情況，估計可能他們也知道與其在辦公室耗時間，還不如早點回家洗洗睡算了。因爲他們現在看來並沒有線索可以去調查。在警局裡面一直都是流傳著這樣一個傳說：如果進入了重案組就代表著沒有準時的下班時間。我看著他們都準時下班，不知道應該為他們感到高興還是感到沮喪。我的心情就像打翻了五味瓶，複雜得很。

過了一會兒，前輩和重案組負責人走了過來並且邀請我和他們一起吃晚飯。我點了點頭答應了他們，如果在這種沮喪時刻拒絕他們的邀請，好像有點過意不去。

我皺了皺眉頭，他們什麼時候變得那麼友好呢？

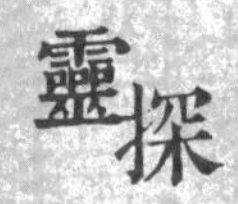

我和他們兩個來到了一個酒館。前輩和重案組負責人勾肩搭背地喝著酒並且和我細訴著他們這些年在警局的經歷。那些經歷彷彿就像是一本教科書，但是卻沒有教科書那樣無趣。從剛剛入學警察學院再談到從警察學校畢業，再從剛剛入職談到第一次親自破案，這些事情比教科書上的偵查理論有趣多了。我不知道他們頓時為什麼在這個時刻那麼友好，他們兩個就像多年沒見的難兄難弟一般。他們有時說得哈哈大笑，有時說得沮喪萬分，這些經歷也許說出來只有他們懂。對於我這種新人，不能體諒他們這種心情也是可以理解的。因為他們的生活也許就是被這種經歷折磨變得滄桑萬分。

經過幾個喝酒的回合，他們都已經變得醉醺醺的，滿臉變得通紅。他們身上充滿了酒氣，那一股酒氣就好像是十里開外也可以聞到。他們現在的狀況是似醉非醉，即使他們看起來的樣子是醉漢的樣子，但是他們說的話是有條理和邏輯的。我不知道他們確切的狀況是如何，到底他們是醉了呢還是沒醉呢。但是，我看見的是也許就是他們在心底裡開心的模樣。但是這時，我想到如果要我一個人要送兩個人回家，那肯定是一個大工程，運氣不好的狀況就肯定是徹夜不眠了。

我被他們兩個醉漢拉出了酒館，來到了海旁。海風一縷一縷地拂過我們的臉龐，同時也把他們身上的酒氣一陣一陣地吹向我的鼻子。他們兩個沒有說任何話語，只是安靜地看著海面連綿不絕的波浪襲向岸邊。浪花一點一滴地拍打在岸上，演奏著美妙絕倫的交響曲似的。我問他們，那麼晚了爲什麼還不回去？重案組負責人還是面無表情地看著大海，好像也沒有要回答我問題的跡象。前輩也沒有說話，而是做了一個讓我閉嘴的手勢。於是，我也知道裝深沉像他們那樣看著海，看著那片一望無際的海。

我不知道被伴著酒氣地海風吹了多久，前輩終於說了一句話：「不知道要等多久才能在看到這一片海了。」

重案組負責人還是像剛才那樣還是一句話也沒有說，只是讚成地點了點頭。

過了良久，重案組負責人終於說出了話：「我看是時候了，時間過得真快。沒想到我就這樣當了二十多年快三十年的警察了。沒想到，這樣的日子快要結束了。」

前輩點了點頭：「對呀。我也沒想到我們鬥爭了那麼多年。最後會變成這樣。如果知道是這樣早就不用爭了。」

重案組負責人對我說：「新丁，我看在你是我們組的份上，我們才對你這樣說。我們不能再調查這起案件了。

不是我們不想調查而是有一些不能公開的原因在裡面阻撓這我們。我們實在不想再看見兄弟們再次失去他們性命了。」

前輩又醉醺醺地說：「這起案件不是那麼簡單的。也千萬不要想得太簡單了。新丁，相信我們不是我們不想說，而是我們確確實實是有苦說不出。如果你可以走出這攤渾水就快點走出去。我們擔心將來你想走出去也來不及。別的事情不聽我們的沒關係……真的沒關係。但是，這一次你……你肯定要聽我們的。」

我疑惑地望著他們，希望他們只是開玩笑，難道他們已經知道幻間了？

前輩說：「你別不相信。有的時候真理的確存在於世間，但是有的時候也無法去挖掘出來。你知道嗎？相信我的話吧。我們是真的為了你著想，才和你說的。你現在在警局還入世未深，以你現在的年齡，在外面找到另外一份工作也是蠻容易的。你乘著現在年輕出去闖一闖吧。不用像我們在警局等退休，我們這樣沒出息的。」

重案組負責人接著說道：「是的。你的前輩所說的都是對的。聽著吧。我和你的前輩明天都會辭職的。至於你辭不辭職，你就自己好好想想吧。我們是肯定不想再待在這攤渾水裡面了。但是，我們也不知道我們能不能全身而退。」

我不知道他們為什麼會說出這樣的話。我目前也沒找到他們要說謊的理由，面對這樣的情況我也只能將信將疑。我不知道他們說的這攤渾水到底是什麼。我不敢確定他們是不是知道了幻間的事情，才變得那麼猶豫不決。莫非他們從幻間出來過後，才變得這樣神經叨叨的嗎？但是這個推論好像也不太現實，幻間目前在臨時重案組那邊只有我一個人去過且成功回來，所以在臨時重案組裡面根本沒有幻間這個東西存在於他們的腦海中吧。

我們那一夜就再也沒有說過任何話了。他們這種沉重的心情不知不覺之間感染了我，把我也頓時變得深沉起來。我開始以為那一個飯局，是一個普普通通的飯局。誰會想到這個飯局是告別飯局！他們前幾天到底經歷了些什麼事情，讓他們變得那麼消沉。怪不得，前輩前幾天開會的時候沒有公然反駁重案組負責人。原來他們老早就知道了某些事情而且達成了一些共識。

那一夜過後，他們兩個醉漢互相扶著對方往黑夜走去。我也曾經問過他們，需不需要陪著他們回家。但是他們一口否決。看著他們走路的樣子，我不由得有點擔心他們。

前輩告訴我，他以前喝兩瓶二窩頭也能安全回到家，沒什麼好怕的。重案組負責人也點了點頭並且揮了揮手道別。

於是，我也往另外一個方向回了家，走的時候時不時地回到看他們。

第二十二章：再會

我早早地來到了臨時重案組辦公室，裡面的同事都紛紛開始了他們的工作，那一股激情絲毫不減。這一切都好像和前幾天一樣並沒有不同。唯一的不同就是兩張辦公桌空了出來。那兩張辦公桌站在那邊，好像等待著他們主人的歸來，即使可能他們再也等不到了。我打了他們兩人的電話，想詢問一下他們還有沒有東西在警局，需要我給他們帶過去。但是打了十幾通電話後，他們並沒有接。可能他們昨晚喝得太醉，還沒有睡醒吧！

我沒有想到他們昨晚說的都是真的。我原本還是對著他們的話半信半疑，覺得他們是喝酒過多導致大腦迴路不正常。但是，今天看見辦公桌旁邊的椅子沒有拉出來過的痕跡，就已經知道前輩和重案組負責人沒有回來過。在前

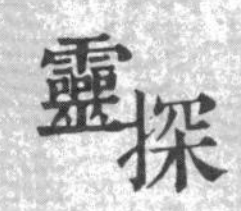

幾天，他們兩個還是整個辦公室最早到達並開始他們日常工作的隊員。可是今天，都已經物是人非了。我不由自主地感慨地歎了一口氣。

我旁邊那些隊員對他們的離去沒有特別大的感受。也許，他們還沒有發現前輩和重案組負責人已經辭職了。他們對於工作的激情已經濃濃地封鎖了他們的感情。那批隊員忙碌地翻閱著那些資料，那些他們已經閱覽過無數遍的資料，那些嶄新的紙張都快被他們翻得支零破碎了。他們似乎沒有要停止他們的動作的意向，還在那邊不停地翻閱。我不知道他們這樣翻閱會不會發現什麼這個案件的特別之處。他們恨不得把眼睛瞇起來，斟酌著字裡行間的一點一滴。他們基本上連一個標點符號也不會放過。

我終於受不了了，他們這樣子的話，我看到了猴年馬月這件案件肯定還沒結案。我從我的抽屜中拿出了那一張錄有黑影的光盤，希望他們能夠重新找一個新的方向去調查。我不想我退休前幾天才結束這一起案件。要是變成懸案了，我們肯定心有不甘。案件變成懸案就代表著我們以前搜集的資料，拿到的文件都變成垃圾。

我招呼著他們來到了我的辦公桌前。他們都厭煩地敷衍著我，告訴我他們現在很忙，沒時間看。我再三請求下，他們終於邁出了他們珍貴的步伐。我播放著那一段含有神秘黑影的視頻給他們看。他們沒有認真看，只是隨便地瞄了幾眼。當黑影從洗手間裡面出來的時候，他們也沒有大驚小怪。當視頻結束時，他們用充滿了憤怒的眼神看著我，不知道我給他們看了什麼東西。我再次放映著那段片段給他們，並且指著黑影給他們時，他們都搖了搖頭。

有一個三十多歲的重案組隊員，青筋暴起地拉起了我的衣領：「你是不是有病？！你竟然浪費了我們那麼寶貴的時間觀看這些東西！你和我說說看那段視頻有什麼特別之處？你光指著一個地方說有黑影，我們都看了沒有。你拿我們開玩笑是吧！」

我馬上推開他的手並反駁道：「誰會有時間會和你們開玩笑！我也不會開這種低級玩笑。我告訴你們你們調查方向錯得很，你知道嗎？你什麼都不知道就在這裡說什麼？」

他又說：「你最厲害行了吧！我最起碼在重案組當了五年，什麼案件我沒接過，什麼光怪迷離的案件我沒調查過，就你一個特別行動組的人就跟我在這裡說瞎話。你可真行！」

其他重案組隊員都紛紛地過來勸架。頓時，我們的辦

公室變成了類似市場一樣，熱鬧得很！但是，也沒有人勸得動那個性格暴躁的重案組隊員，他再次拿著我的衣領狠狠不放。他的眼睛充滿著怒火，彷彿下一秒我的臉頰就要遭殃了。我不知道如果沒有其他重案組隊員在此，這個辦公室就會變成了一個像打拳擊的格鬥場所了。

我終於忍不住說了一句：「你們這群人是不是有病？我看有病的是你們吧。重案組負責人和前輩都走了。你們也沒發現嗎？沒有人做帶頭人，你們查什麼？你和我說說看你們能查什麼？一個隊伍群龍無首只會變得一團糟。你們知道嗎？」

我話音剛落，辦公室的門傳來了那扇門彷彿被砸爛了的聲音，響徹雲霄一般。

我定睛看去，原來是重案組上司砸出來的。他看到這種情況非常惱怒，因為警局裡面上司那些人不想看到的就是警局裡面的成員內訌。內訌就代表著上司的無能。上司直接打斷了這場鬧劇，讓我和那位暴躁的重案組隊員好好商量。這種好好商量的結果無非都是為了最後的握手言和。

上司讓我們兩個說出剛剛那場鬧劇的起因和過程。我們無可奈何地把剛剛那場鬧劇詳細地告訴了上司。上司搖了搖頭，也許他是沒想到起因是因為視頻中那個黑影吧。

上司把那位重案組人員請了出去，把我留了下來。那位重案組人員出門的時候，還不屑地朝著我嗤了一聲。上司讓我坐了下來聽著我說那個黑影的事情，上司時不時地點了點頭。我不知道是不是我說得很荒謬，他避免我尷尬，他才點了點頭。

正當我說完時，上司告訴我他理解了。然後他就沉默不語了。我不知道他有沒有確實理解我說的東西。但是我猜他應該是敷衍著我，因為對於年資那麼老的警察去相信一些靈異的事情，不相信科學。這無疑是一件匪夷所思的故事。

第二十三章：信件

不知道什麼時候，我的警隊信箱裡面多出來了一封牛皮信封的信。我沒有印象誰還會寄信給我。給我這種人寄信的只有兩種人：一種是銀行和政府那些官方信件，第二種無非就是寫錯地址的了。我沒有先打開信封，而是先看了看後面的地址是什麼。疑惑的是，信封後面的地址并沒有留下任何筆墨痕跡。但是我看了看寫著我地址的筆跡，如果沒猜錯的話，應該是前輩了。這種筆跡我在辦公室中閱覽過無數遍。我不明白前輩為什麼要用那麼古老的方式，把裡面的東西寄給我。在我進入警局工作後，他從來沒有寄過實體的東西給我，都是經過電子郵件發送給我的或是直接交給我的。這個現象我不得不起疑心了。一個人的習慣大部分情況下都不會改變的，除非是一些特殊情況發生了。我不知道前輩之前遭遇過什麼事情，所以才用平郵寄給我。

如果沒猜錯的話，前輩用平郵方式寄給我的東西就肯定是一些機密文件。我記得前輩曾經告訴過我，不能太依賴科技，太過依賴科技的話最後會害死自己。我猜他的言下之意是他怕網絡世界不安全。同時，也有可能是老一輩的人更加相信紙墨。

想到這裡時，我開始覺得事情沒有我想象地那麼簡單了。我用我最快的速度跑上了樓，連忙拆開了那一個信封。信封裡面並沒有什麼信件，只有一個光盤在裡面。我把光盤放入電腦，看看裡面到底記錄著什麼。

我一看光盤裡面的內容才發現不對勁，想不到外表平淡無奇的光盤竟然隱匿著這些內容。我也許能猜到前輩和重案組負責人為什麼要離開臨時重案組了。

光盤裡面顯示著的是一些黑乎乎的錄影片段。根據環境來看，錄影的地方應該是在一座山裡面，因為裡面的畫面顯示著綠樹繁茂的地方，而且還有一條山路通向遠處。頓時，有兩個男人走入了鏡頭，他們走得很近並且交談著。他們一直都是勾肩搭背有說有笑地向前走著。如果我沒有猜錯，他們應該是認識的。因為誰都不會有事沒事地找陌

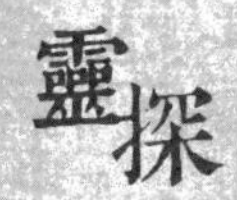

生人聊天，而且還要在人煙荒無的山上聊天。

就在這時，穿著白色風衣的男子從背後掏出了一把匕首，沒有猶豫地往另外一位男子的肚子方向狠狠地捅了一刀。受害者並沒有意識到他竟然會受到攻擊，便一臉疑惑地看著那位白衣男子。受害者雙手握住那把匕首希望能把那把匕首拔出來，他的眼睛充滿了受盡痛苦折磨的情緒，嘴唇因為痛苦而不由自主地抖動。但是那位白衣男子狠狠地握住那把匕首，並不讓他拔出來，而是默默地把整把匕首推進他的肚子裡，直到刀柄快要被肚子淹沒時。就這樣過了幾秒鐘的對峙，受害者終於不禁痛苦慢慢地跪了下來，他的眼睛也開始望向了地上。他的意識開始慢慢地消失，變成了一個沒有靈魂的人物，在地上安靜地睡著了似的。在受害者踏入長眠的那一刻，白衣男子把那把被肚子吞沒的匕首拔了出來，那把匕首拔出來的那一刻，發出了耀眼的光芒。那一股光芒直接把我的電腦屏幕變得煞白，和剛才幾乎是黑乎乎的畫面成為了鮮明的對比。就在這時，那段影片落下了銀幕結束了。

我看完後對這段影片沒有了任何頭緒，覺得只是一個懸疑電影的一個片段而已。我只能再看一次，希望從裡面的找到一些有用的線索。

我把進度條放到白衣男子把匕首捅進受害者的時候，我才發現了一個我剛才忽略到的重點。那個傷口是一個肚子上面的，和之前那個重案組受害者的傷口相符。假設那一個影片中的受害者就是重案組受害者，但是為什麼那個傷口會變成一條黑線？一般人死後就不會再有自我修復的能力，這是眾所周知的事實。

最近，城市中也沒有別的兇殺案，百姓都安居樂業。在現在看來，只有那位重案組受害者符合身份了。當我重新把進度條再次拉到受害者剛剛受害的時候，我更加肯定了我的想法 - 受害者就是那位重案組受害者，也就是我們死去的那位夥計。他那個側臉我在辦公室看過無數次，我絕對並不會記錯。因為在臨時重案組辦公室裡面就只有那麼幾個人而已。

至於那位白衣男子的身份，我對於他的身份已經約莫猜出來他是誰了。他的身形輪廓我以前也見到過，況且他還認識重案組受害者，這一點就讓我對他的身份猜測非常有把握。

他一直在潛伏在我們的身邊，悄悄地觀察著我們的行動。

原來我們之間的遊戲才剛剛開始。

第二十四章：真相

我踏入臨時重案組的那一刻，就沒有再次踏出那扇門的準備。我故意選了一個重案組的下班時間進去，因為這時候並沒有閒雜人。裡面的房間除了我和那一個人以外，就再沒有別人的存在。

我不知道他有沒有注意到我的到來，他沒有抬起頭依舊在專心致志地翻閱著那永遠彷彿看不完文件。在他的老闆眼裡，他肯定是一位盡心盡責的好員工。但是在我的眼裡，他徹頭徹尾就是一位披著羊皮的罪人。

他在警局裡不是小角色。他能一直藏匿在我們的身邊了解我們的情報，并且能讓重案組負責人和前輩貿然辭職的人，就沒有幾個。他就是，我們臨時重案組最大的那個帶頭人 - 重案組上司。

我握緊拳頭衝到他的面前問道：「你就說吧！現在這個房間裡面也就是我和你。你是不是那個讓我們夥計遇害的那個兇手？」

重案組上司抬起了頭並露出了不屑的笑容：「是的，你猜的沒有錯。對於你這種雞毛蒜皮的小角色，我也不需要有任何隱瞞。我猜你應該是知道那一段視頻了吧，我真的沒想到你的前輩還留有這麼一手。怪不得我在他們兩個人的家翻得亂七八糟的，還找不到那個光盤。真是太可惜了，那次還浪費了我那麼久的時間。但是退一萬步說，你知道了又如何？你算老幾？」

我的拳頭已經握得再緊了，我的指甲都幾乎已經陷進了我的掌心內。

我又說：「你這個賤人。連他們兩個都不放過。他們已經準備好辭職了，逃離這渾水了。你竟然還不放過他們！」

重案組上司搖了搖頭：「新丁，你果然還是一位新丁。他們辭職有什麼用，根本沒有什麼特別大的作用。他們的辭職還增添了我的麻煩呢！我不能經常地觀察他們有沒有什麼小陰謀。還不如一了百了，殺了他們算了。」

我說：「我也覺得奇怪，那天為什麼前輩和重案組負

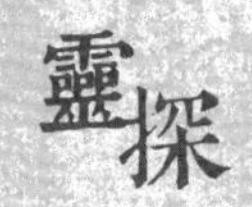

責人突然和我吃晚飯，而且他們還說什麼永別之類的話。原來都是因爲你，他們知道自己會遇到不測。」

重案組上司笑了笑：「我也沒想到那天他們會喝到那麼醉，他們對於危險就好像沒有預知的能力。所以我才不費力氣地把他們送上了西天。但是我可以告訴你，他們死亡的時候並沒有特別痛苦的表情。也許這也是我對他們做的最好的一件事了。」

我咒罵道：「你這個賤人！下地獄吧你！」

說完，我就盡我最大的力氣揮拳過去。他沒有閃躲，當我快要打到他時，好像有一股無形的力量保護著他，即使我用了我最大的力氣，依舊觸碰不了他。

重案組上司不屑地說道：「沒有想到吧。畢竟你還是一位新人。東方通靈兵器的擁有者是不可能傷害或是獵殺同是東方通靈兵器的擁有者。要不是這條規則的存在，我老早就把你給殺了，好嗎？斷魂刃的擁有者！」

我睜大了眼睛，想不到重案組的上司也是東方通靈兵器的擁有者。我前幾天看過那一卷捲軸，捲軸上面的的確確寫了兩個東方通靈兵器的擁有者決定不能互相殘殺，因為在某一個視角上，他們都是出自同門。我其實應該在那段殺人視頻中，就應該能猜出他也是東方通靈兵器的擁有者。因為普通匕首並不會平白無事地索人性命後，并發出強烈的白光。如果我沒有記錯，根據捲軸上面寫的他擁有的兵器應該是噬魂匕首。

噬魂匕首 - 東方通靈兵器之一。如果沒有記錯的話，這把匕首可以通過插入人的丹田索取人的精氣神，也就是人的靈魂。一般人的靈魂被噬魂匕首索取後，並不會灰飛煙滅。而是會被困在匕首刀柄上的寶石中，那顆寶石對靈魂來說簡直就是一所監獄。如果寶石被打破的話，裡面的靈魂就會從裡面解放出來。該匕首擁有者可以讓差遣寶石裡面的靈魂，從而達到匕首擁有者的目的。

我也嗤了一聲表示不屑：「那倒好！你也不能傷害到我。可是你別忘了，我手上還有你殺人的證據。現在論贏面，貌似我的機會比較大可以贏。你就給我等著身敗名裂吧！」

重案組上司開始發出奸笑的聲音：「你真的是太天真了，你沒想到我竟然還會留有一手吧。我既然能對付你的前輩和重案組負責人，還不能對付你？你在我的面前宛如螻蟻，我完全可以不耗費力氣地就把你弄死。」

我又說：「那明天看看誰會上頭條吧。別忘了，我只要發給各大媒體，你的名字在明天肯定在報紙上。好好想

想吧！」

重案組上司：「想讓我登上報紙封面，你想得倒是挺美的。你是不是當新人當傻了。名字果然不能改錯，叫新丁的人一輩子都只能是新人。」

他說完這一句話後，用著勝利者眼神看著我。他漸漸地把電腦屏幕轉向了我，屏幕上面的女生被人用麻繩綁在了一個椅子上，發出了驚恐的尖叫聲並衝進了我的鼓膜。她的臉上充滿了恐懼，且臉頰上充滿了縱橫交錯的淚痕，不知道是哭了多久才能留下這種淚痕。她那雙被人綁著的手腳都顯現出靚麗的紅色，就像一個個紅色圓環緊附在她的手腳上。

重案組上司說：「我早就說過了，我做任何事情都會留著最後一手的。因為我永遠要做最後的贏家。你看著她熟悉吧，新丁。別忘了，她就是那個你不能遺忘的人-小慧。趁這段時間好好看看你的老相好吧！我也不知道她什麼時候將會跟上重案組負責人和你的前輩通往死亡的步伐。」

重案組上司再次露出了他那個充滿尖牙咧齒的詭異笑容，發出的笑聲一直徘徊在房間裡面。我剛剛以為我自己肯定會在這場仗成為贏家，誰知道薑還是老的辣，我萬萬沒想到重案組上司還留有這樣一手。

重案組上司告訴我，如果我想救回小慧的話，就必須明天晚上到達傳統名校也就是那七個女生玩通靈遊戲的那個地方。

第二十五章：諷刺

我在家中默默地收拾著一會兒去學校需要的裝備。什麼東西都不重要，最重要的就是那把斷魂刃，也就是我拿到的東方通靈兵器。畢竟，東方通靈兵器才能和東方通靈兵器抗衡。其實我還知道他為什麼讓我到那所學校的原因，根據捲軸上面記載，如果想殺害東方通靈兵器持有者就必須在該持有者進入第一次幻間的地方殺害，這樣才能灰飛煙滅。重案組上司這個想法，我沒有感到意外，因為我就是最後一個知道他這個秘密的人。

我在房間中揮了揮斷魂刃，為一會兒的格鬥做好準備。刀子攻擊和格擋我都在網絡上看了無數遍，裡面動作的要領我都已經牢記於心了。而且當年在警察學院也訓練過，估計我的肌肉記憶是還健在的。

但是實際情況中，我能不能把那些技巧展現出來又是另外一個說法了。畢竟刀劍這種東西，我以前就從來沒有用來格鬥過。如果重案組上司是一個精通刀劍的格鬥專家，那我肯定輸定了。

離開家前，我仔細地看了看我的周圍 - 這一個我可能再次無法回來的家。裡面的廚具沙發都印有我以前在裡面生活過的痕跡，現在想起來有一股說不上來的滋味。墻上那張我和小慧的照片依然懸掛在墻上，好似在等著我的歸來。看著小慧那個天真無邪的笑容，我知道我這一次我一定要盡力去保護我愛的人。我再次帶著我當初去操場找人理論的勇氣出了門，往著學校的方向出發。

****

到達學校後，那一股陰森感再次踏入了我的心中。四周陰風陣陣，無疑給這所學校再次增添上好幾倍的恐怖感。當我打開洗手間的門後，我看見了兩個人分別是：重案組上司和小慧。小慧雙手被綁在了外面，重案組上司把噬魂匕首抵在了小慧的肚子上，那一把匕首就好像快要陷進去一樣。

重案組上司對著我說：「終於來了，我已經等了你好

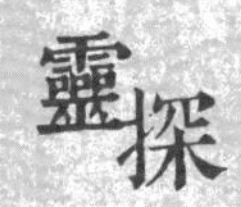

久了。」

我說：「等我？快點把她放了我就把光盤給你。你不是一直很想要光盤嗎？」

重案組上司笑了笑然後罵道：「什麼時候到你來命令我？你現在直接把斷魂刃和光盤給我！不然我直接把匕首插進她的肚子裡。我告訴你噬魂匕首的噬魂不是雙向的。一旦噬魂了，就無法還魂了。」

我無可奈何地把斷魂刃和光盤交給了重案組上司。我不知道他到底會不會遵守諾言，也不知道他會不會乘機把噬魂匕首捅進小慧的肚子。但是，目前的情況來看，我只能相信他。

他拿到斷魂刃和光盤後，馬上用力地把小慧推去我那邊。我連忙把小慧抱住，小慧的臉上充滿了淚水的痕跡，整隻眼睛都是泛著紅色，不知道她是哭了多久。手上和腳踝上都充滿了紅色，那一種紅色已經不是普通紅色了，而是已經紅到發紫的情況了。我從來沒有親眼看見過這種情況。當這種情況是被親眼看見，心中就有一種說不上來的震撼和心痛。

小慧，你剛才究竟是受到了什麼的折磨？

我一邊攙扶著她那脆弱的身體，一邊往著那門口的方向走去。

重案組上司突然跑了過來，我下意識地把小慧推在一邊。我的左臉硬生生迎接了他的拳頭。那一擊絕對不可以用打架的力量相提並論，那一拳的力量足以把我打暈。但我還是靠著我的意志力堅持了下來。因爲我知道如果我倒下了，小慧估計要遭殃了。

我不得不捂住我的左臉，左臉劇痛無比。左臉就好像是碎了一樣，血液一滴一滴地滴到了地上，開啟了一朵一朵紅色的小花，在地上綻放著。

當我想再次張開我的左眼時，左眼已經變得一片漆黑，什麼都看不見。我才意識到我的左眼問題的存在，也許就是那次我在操場打架的後遺症吧。

我的天！現在怎麼辦呢？剛才的激烈攻擊，刺激到了我的後遺症。

現在的我只有一隻眼睛而且身體狀況肯定不像剛才那樣靈活了。要是能夠擋下他接下來的攻擊就是萬幸了！

重案組上司又開始發話了：「我沒想到那丫頭說得都是真的。想不到受了一下攻擊就會能讓你失明。你是不是沒有想到我竟然知道那麼多東西？我也是無話可說了，救

一次就夠了，還要救第二次。這個人是不是就是值得讓你拼了命去救？想不到新丁你就是真的那麼傻！」

我捂著臉口齒不清楚地說：「關你什麼事？！我樂意就行了。根本不用你管！」

說完這句話後，我的臉部比剛才更加抽搐了起來。那一種痛感直接殺上大腦，彷彿剛才被車撞了一般。

重案組上司奸笑了一下：「我猜你也是知道，你來這裡就是送死。」

他說完用衣服拭擦了斷魂刃。便拿著斷魂刃慢悠悠地走到了我的身邊，「你也是知道我是無法殺你的，但是進入幻間出不出得來又是另外一個說法了。」

我把一口血吐向了他，「你可以給我去死了，現在什麼都沒有，還去什麼幻間？！」

重案組上司又說：「其實去幻間並不需要什麼道具，五毒和白色蠟燭之類的。那些道具只是一些沒有資格去幻間才需要的。我們兩個只需要東方通靈兵器即可。」

重案組上司拿出了剛才拭擦好的斷魂刃，便讓小慧拿著往我的心臟位置慢慢地捅了進去。

小慧在這個時候已經哭不成聲，身體抖得非常厲害。她的嘴不停地說著對不起，彷彿她也是無可奈何才拿起斷魂刃。

她把慢悠悠地把斷魂刃抵在我的左邊胸口，但是她就是下不去手。在她的身邊，彷彿有一雙無形的雙手拉著她。最後，重案組上司看不下去了，便直接用力踢向小慧的後背。就在這時，我的心臟痛感直接湧上大腦，頭上的冷汗不斷冒出，彷彿整個心臟瞬間炸裂。

我只能無力地握住刀刃，頓時鮮血從我的手掌心像噴泉一樣湧了出來，也從我的心臟噴了出來。看見小慧把斷魂刃插在我的心臟時，重案組上司便一腳踢走小慧。小慧在這時也無能爲力，只能在旁邊尖叫著和哭泣著。

我的臉上已經冒出數不勝數的晶瑩汗珠，我感到我的身體開始發冷。右眼的視力也逐漸變弱，在我面前的景物也慢慢地變得模糊起來。我的腳開始沒有了力氣支撐著那個沉重的身體，便慢慢地貼著墻坐下了。

重案組上司看了看我後，再次用力把斷魂刃狠狠地插進我心臟的深處。

我感受到我的心臟跳動逐漸減弱，身體也慢慢地覺得變冷，雙手雙腳也開始不由自主地發抖。房間溫度沒有預兆地驟然下降，彷彿就是一秒鐘去了極地。

我的視力已經開始變得和盲人一樣，眼前也幾乎只有一篇漆黑。連剛剛重案組上司那個模糊的輪廓也在我的眼前之逐漸地消失。我就好像被整個世界遺棄，墮入了無頭無盡地黑暗之中。

第二十六章：再會幻間

不知道過了多久，周圍的微風慢慢地拂過我的臉，把我從睡夢中喚醒過來。那一刻我以為自己還在那個洗手間中，但是定睛一看周圍都是白霧和山路，我就知道自己來到了幻間。周圍的環境和上次沒有大的區別。這一次我並沒有像上次那樣到處亂走，而是謹慎地往前摸索。因為我不知道冥使什麼時候會出現在我的面前，也許他已經觀察到我來到了幻間。

讓我慶幸的是，我心臟的傷口和左眼並沒有任何損傷，也沒有感到任何疼痛的感覺。在幻間我的身體狀況就好像得到全部痊癒一樣。我的手上還握著一把斷魂刃，也就是說現在這個情況我大概可以保護自己了。如果赤手空拳的話，我不知道我能在幻間裡面堅持多久。

過了一會兒，我的面前閃出了一道白光。那一道白光十分強烈，讓我不得不合起雙眼。稍等白光漸漸散去，我看見了一個人影從一道白光裡面出來了。那一個人我也不需要感到驚訝，因為那個人就是想置我於死地的人 - 重案組上司。

重案組上司輕輕地拍了拍他肩上的塵埃：「你這小子還沒死！我就知道東方通靈兵器的擁有者不會那麼容易死。即使你的肉身屬於將死，但是我絕對不能把你的靈魂遺留在這個世界上。」

我又說：「你既然能夠可以把我肉身殺死，在這裡你也恐怕你也可以很輕鬆殺了我吧。」

重案組上司嘴角上揚：「在幻間殺你我沒有資格，你也沒有資格殺我。」

他這樣說我就知道他的陰謀了，他的意思是冥使依舊是在幻間的老大，即使我們兩個東方通靈兵器的擁有者來到這裡就和普通人來到這裡沒有任何區別。也就是說，他無非是想我看如何被冥使折磨致死，也保證我的靈魂不會重返人間。我沒有想到他竟然如此歹毒，他這種手段和心機怪不得能他前輩和重案組負責人帶去墓地。

我手持斷魂刃指著他作防禦姿勢。突然間，幻間的微風已經開始逐漸變強。這無疑就是冥使正在往這邊趕來的預兆。

我的手心漸漸地冒出了汗珠，心裡對這個情況沒有任何準備。因為現在有兩個敵人，而且這兩個敵人實力肯定在我之上，對於他們兩個那麼資深的玩家，我簡直就是那個像白紙一樣的新人。但是，現在的我緊張也沒有用，面對這個情況我只能把斷魂刃握得緊緊的，對一會兒的惡戰準備就緒。

從遠處傳來了一陣陣樹木的破裂聲，腳步聲也慢慢地越來越大。這種恐懼感再次飄進了我的心。過了一會兒，冥使出現在了我們的面前。這次他的出現並沒有模仿我的樣子，也沒有模仿重案組上司的樣子。他的服裝是古代將士的服裝，手上拿的是類似青龍偃月刀的物體。他的周圍都佈滿了一絲絲的黑色氣體，那些黑色氣體像幽魂一樣纏繞在他的鎧甲。他這次沒有看向我，而是先看向了重案組上司。重案組上司沒有任何膽怯的表情，取而代之的卻是胸有成竹的氣勢。他這種氣勢就好像是到最後他肯定就是勝利者的感覺。

重案組上司突然把噬魂匕首握緊，臉上再次浮現出那種詭異的笑容。我不知道他是不是不知道站在他面前的是誰，還是他的實力肯定在冥使之上。但是我更加相信他的實力的確處於冥使之上。對於他這種人來說，不可能不知道冥使是誰。這種常識問題連我都知道。

冥使拿著偃月刀指著他，像是發出邀请。重案組上司再次露出了那笑容，嗤了一声，開始往冥使方向迅速奔跑過去，拿著匕首的手高舉頭頂地沖了過去。冥使沒有任何後退的動作，只是當重案組上司砍下來的時候，稍微地側了側身子就躲過了攻擊。結果重案組上司撲了個空便連忙重新把刀向上一揮。冥使再次使出他剛才躲過攻擊的方法 - 側了側身子，再次躲過了他的攻擊。就這樣來來回回的十幾個回合，冥使還是像十幾個回合前一樣，沒有得到任何傷痕。他的躲避技巧就好像是有預知能力一樣，知道什麼時候是躲避的最佳時機。重案組上司的攻擊迅速而且細膩，攻擊的部位完全都是人類的弱點。冥使竟然如此快地找到技巧進行躲避，我對此也無話可說。

慢慢地，重案組上司動作開始變得緩慢，動作也沒有剛才那樣子的精確。但是，冥使的躲避還是像剛才一樣十分到位，沒有絲毫多餘的動作存在。不知道他這種技巧是如何練成的，他的這種預知能力和反應能力我不得不佩服起來。

這時，冥使的眼睛漸漸地冒出了火焰，連那把武器也微微地散發出了焰火。那種焰火包圍著那一把偃月刀。冥使開始雙手握緊了偃月刀，把刀橫放在腰間那裡準備攻擊。重案組上司一看情況不對，眼睛便睜大了好幾倍。因為現在他的體力幾乎是已經透支了，面對現在這種情況他也只能兵來將擋了。

雖然，冥使大刀只是輕輕地擦到了他的腰間，但是重案組上司的肚子已經開始有血液便開始慢慢地大面積滲透了出來。我沒有想到只是刀鋒的輕輕一擦，就可以給重案組上司那麼大的傷害。如果不知道的話，還以為上司的傷口是被人用大砍刀砍下去的。

對於他這種情況，我不得不心中竊喜。因為目前我已經大概知道了冥使的攻擊方法。但是我想得詳細一點就會發現我知道也沒有用，因為我現在根本沒有能力去格擋這種攻擊。如果我只是輕輕被那把刀擦到已經是萬幸了。

重案組上司並沒有放棄，而是一直往冥使的要害攻擊。但是，那些攻擊和剛才那些攻擊對比完全不是一個等級的。現在那些攻擊無非是在浪費自己的體力，重案組上司那些動作越大，滲透出來的血液也就越來越多，這無疑是一種自殺的行為。

對於重案組上司來說，現在的狀況無疑是在垂死掙扎。漸漸地，重案組上司的衣服佈滿了血液的鮮紅色，那一種紅色也幾乎要到紅到發黑的狀況了。如果要擰那件衣服的話，不計其數的血滴就肯定會滂沱大雨般落在地上。

重案組上司開始沒有了力氣，放棄了掙扎並把匕首插在了地上。看到他這種情況，不知道他現在的心情是如何。從剛才的胸有成竹變成了現在的頹喪無比，貌似他也感覺到他自己和冥使實力差距不是一點點。他跪在地上喘息著，周圍的空氣中都徘徊著他的摻雜著血腥味的呼吸聲。一呼一吸的節奏，就好像是在為著他的死亡倒數著一樣。

冥使邁著步伐來到了重案組上司的跟前。重案組上司已經沒有任何能力去反抗了。他抬起了頭先看向了冥使，再看向了我。他搖了搖頭後把頭低下來了，面對於這種情況他也不得不認輸了。

冥使慢慢地抬起那把偃月刀，把刀鋒指向重案組上司的肚子。然後毫不猶豫地把那把偃月刀深深地插進了重案組上司的肚子上。重案組上司身體抖了一抖後，便開始幾秒鐘的抽搐。抽搐的動作讓更多的血液從傷口流了出來，漸漸地把他身處的方圓染紅。那一種紅色我之前一直沒有機會見到過，那一種紅色彷彿就是蘊含著他一生的罪惡一樣。過了幾秒後，重案組上司已經沒有了任何生命跡象，安靜地躺在了原地，就像蓋著紅色的被子睡著了一樣。

冥使再次走了過去，從他肚子中掏出了一個充滿水藍色的圓球。那個圓球略比乒乓球大一些。裡面彷彿充滿了藍色的液體在裡面流動著一樣，在我看來要是那個圓球放在現實世界無疑又是一個藝術品。

冥使想都沒想就把那個圓球砸在了地上。圓球的碎片慢慢地佈滿了我們的周圍，把剛才的罪惡紅色漸漸也染成了藍色。那一種藍色就好像是清潔劑一樣，洗滌著地上的紅，給整個幻間重新帶來了生命力一樣。

如果我沒有猜錯的話，那一個圓球就應該是屬於重案組上司的走馬燈劇場。走馬燈劇場是人的一生記憶，充滿著人的一生種種片段。人會在將死之時看見走馬燈劇場，作為人的一生最後總結。但是，幻間中的走馬燈劇場是不一樣的，因為在幻間死亡是真正的死亡沒有彌留之際。恐怕那一個圓球裡面裝載的回憶，重案組上司是沒有辦法觀看了也沒有機會去為他一生所做的事情去懺悔了。

慢慢地，周圍的天空也充滿了藍色。

重案組上司的走馬燈劇場開始了。

第二十七章：走馬燈劇場

我是一名重案組上司，我原來的名字已經快忘記了。因為失落名字事件公佈出來後，讓城市中的人人心惶惶。我猜不只是我一個人快忘記自己名字了，恐怕警局裡面就沒有幾個人會記得他們的名字。

我從小就一直認為自己是一塊做警察的料，因為我的責任心和體力一直在班上名列前茅。小時候玩的推理遊戲，我也是第一個能推理出真相的。因此，我覺得我是一名天生的警察或偵探。

我出生於書香門第，在我的家中書香四溢。不管是四書五經，還是莎士比亞文學，都會整齊排列在我家的書架上。我的祖輩和父母輩都是學者，這種家庭背景讓我在很多地方都得到了不少的好處，身邊有著數不勝數的人都會在我們跟前求著我們辦事。其中最重要的原因是我的祖輩是學者。在那個年代，讀書人或知識分子是不多的，可以被人稱為學者的更是寥寥無幾。

我一直以我的家族輝煌背景而感到自豪直到爺爺去世的那一天。

在爺爺去世那一天，我收拾他的遺物的時候，便發現幾本有關邪術的書本。那些紙張已經發黃到一個境界了，幾乎用力翻一頁整張紙就碎了。

恐怕那些書本已經有幾十年歷史了。在那以前我一直不知道那些書本的存在，想到這裡我不禁打了一個冷顫。因為也許他當年看的就是這些書學習邪術，被人誤以為他是一位知識淵博的學者。想到這裡，我也突然想起來了，爺爺好像從來沒有和我提到過任何學術性的話題。

那天過後，我便追問著我的父親。父親開始的回答不停地避開這個話題，當我窮追不捨地問到底的時候，父親終於向我坦白了我的爺爺的的確確不是一位學者，更是一位茅山道士。父親還告訴我在那個時候，拿著一本書的就可以被稱為讀書人，而我的爺爺每天每夜都拿著本書鑽研就被他們認為學者了。這個消息彷彿對我來說就像是晴天霹靂一般，震撼了我的思緒和心靈，原來那些什麼四書五

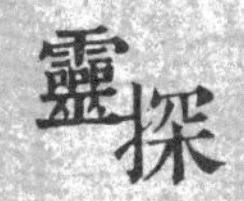

經都是騙人用的。

在得知這個消息後的幾天，我眼睛無神，每天都活得漫無目的像個活死人一樣。因為那個我一直視為榜樣的爺爺，並不是一位學生，而是一位茅山道士。如果他一開始和我坦白，我可能就不會想現在那樣頹喪。甚至有那麼一剎那，我不知道怎麼面對自己。這兩個身份就好像是從來不會在聯繫在一起的東西，但是現在最諷刺的就是這兩個看似毫不相干的東西的的確確被我聯繫了起來。

過了一會兒，我的父親拿出了一卷深藍色的捲軸和一個陳舊的木盒子並告訴了我這兩樣東西是爺爺留給我的。我的怒氣霎時間再次燃燒了起來，我的眼睛都彷彿充滿了熊熊怒火。有那麼一剎那，我是想把那些東西狠狠地摔在地上。

因為我已經對我的爺爺過於失望，他欺騙了我太多年了。這些年他都沒有告訴我真相到底是什麼。對比起我的父親，我更加憎恨我的爺爺 - 那一位我曾經視為榜樣的爺爺。

但是，我突然想到爺爺在以前也是很關心我的。在我以前晚回家的時候，往往是他守在了家門等我回家。在我以前每次考試成績不如意時，爺爺晚上都會坐在我的床邊開解我。在這樣數不勝數的景象都一一從我的記憶深處中跑了出來。那些情景到現在還歷歷在目，彷彿就是昨天剛剛發生的一樣。想到這裡，我的心中就好像了打翻了五味瓶，頓時五味雜陳，心中很不是滋味。我安慰著自己，爺爺也沒有作奸犯科或是十惡不赦的事情，作為兒孫的的確確沒有必要憎恨那麼久。就這樣，我也盡了最後孝德，接過了爺爺留給我的兩樣物件 - 深藍色的捲軸和木盒子。

****

對於我這種才子來說，更加不是事了。我把那些內容詳詳細細地精讀了一遍，對捲軸上面寫的有了一個大概的了待我徹底冷靜過後，我打開了那一卷捲軸，裡面的內容一一呈現在我的面前。裡面的內容大多是用文言文寫成。這解。從那些文言文中，我知道了許許多多關於茅山道士的知識和東方通靈兵器的大概了解，也許現在我才算是真真正正地認識我爺爺的真面目吧。

但是，對著那些內容我全部都不感興趣，包括那一個木盒子裡面的匕首也是。現在在這個和平理性的社會，凡事都是講究科學的，誰還會用匕首來攻擊別人？那些什麼通靈的事情就更不用說了，誰現在還會相信這些玩意兒？對著文言文寫的內容，我也只是看過就算了，就像是看小

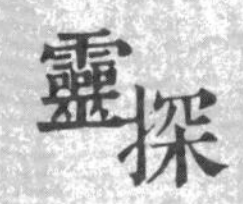

說故事一般。

可是，事情永遠並不會像自己預料之中那般一模一樣，凡事都充滿著變數。

在我收拾爺爺那個房間時，無意中從一個書架上看到了一本充滿茅山術符文的書。這本書的表面由一個個各式各樣的茅山術符文環繞著，就像是一個枷鎖一樣封印著書本裡面的內容。基於好奇心，我翻開了那一本茅山術的書 - 那一本可能關於我爺爺身世的書。

待我閱讀完後，我對爺爺的感覺並不是感到親切，而是從來沒有過的陌生。這種陌生感就好比是一個完完全全陌生人的感覺。面對於這個我曾經最熟悉的陌生人，我不知道怎麼再次面對。陌生感是其次，占大部分的是怒氣。前無所有的怒氣一次次地湧進了我的心裡，我從來也沒有如此憤怒過。

原來那一本並不是普普通通關於爺爺那些茅山術的書，而是把那些他做過法的事情都一一寫在了那一本書上面，也就是相當於那一本是他的工作日記一樣。裡面的內容大部分都是關於詛咒等等那些內容。但是最離譜的是，我的爺爺曾經犧牲過一對兒孫的性命來給一個學校增添校譽。這種做法我實在是無法認同，完完全全是顛覆了我對那位慈祥爺爺的看法。即使爺爺在後面寫了他也很後悔做了這件事，但是為了當時的家庭不這樣做是不行的。他也在後面備註了家中的情況，家中的情況基本上是兒子年幼，家中吃飯吃了上頓沒下頓的情況都經常出現。

即使當年家裡有這種情況，我也是無法認同當年爺爺的做法的。畢竟那兩個人是活生生的生命，拿了別人的性命換一口飯吃這種事情，實在是有違背我做人的原則。更加諷刺的是，爺爺竟然在書本上最後的那一頁寫上了一段文字，大概意思是望後人以此為鑒，不要再次做出這些事情了。

我已經沒有意思要再次看到這些東西了，便把這三樣東西一一放入一個地下的暗格之中。我假裝自己不知道這些事情，就像什麼事情也沒發生一般。一切都和以前的生活一樣。也許，在這個時候催眠自己是一個逃避現實的好辦法。

****

可惜的是，就在這個時候，有幾個不知天高地厚的女生竟然去了那所學校玩通靈遊戲。本來我也沒有什麼好擔心的，因為這是她們自己去挑戰自己生命和我沒有任何關係。

但是，直到那一把匕首在發抖，在地下暗格中發出了猛烈的響聲。我就感到不妙，肯定有什麼事情發生了或將會發生。為了我的家族的聲譽，我也只能連忙趕到了那所學校。裡面的佈置完全是玩通靈遊戲的佈局，實在是讓人感到可怕。

除此以外，裡面還有一位保安。我對那位保安表示我是警察的身份，他也沒有質疑我為什麼會到這裡。保安點了點頭，就走了過去看著那些佈局物品。趁他不注意的時候，我毫不猶豫的往他身上丹田的部分插上了一刀。因為我知道在學校玩通靈遊戲闖出禍肯定會得到城市警局高層的關注。如果錄口供的話，那位保安甚至會抖出我提前到來的消息。為此，我只能把他殺了。

他兩眼發直地看著我，那雙眼睛就好像在問我殺他的原因。我沒有任何選擇，因為我前半生所積累的事業和名譽都會頓時蕩然無存。為了我的事業和名譽，他的死是有價值的。他的死也只能怪他運氣不好了。對於，那些女生我根本不在乎。因為根據爺爺給我的手記裡面，能逃過冥使的追殺的人不多，況且那些還是對茅山什麼都不懂的人就更不用說了。

結果我還是沒猜錯，城市警局竟然還真的把這件案件放在了首位。因為警局想要安撫城市裡面的人，否則人心惶惶將會城市大亂。畢竟這件事是靈異案件，對於警局這種無神論者來說，這個案件和他們的科學信仰完全是相違背的。因此，他們必須調查清楚。

為了這件事情，我還專門搭上了法醫組的助手 - 小慧，我們發展成了男女朋友的關係。這種關係我得到了不少好處，也知道了不少秘密。我把那些驗屍報告換成了不能再白的白紙，用來轉移目標或拖延調查案件真相的時間。如果那些白紙查出來了，也只能推到法醫組助手那邊，根本不可能推到我這邊。

因為警局裡面的人不能和內部的人有男女朋友的關係，如果被發現，這是要被革職的。因此，我相信法醫組的助手 - 小慧絕對不會供出我，不然我們兩個都會雙雙被革職。再者，我知道新人和小慧之前的往事。這些事情都幾乎成為了我以後的王牌，我希望我有招一日能用得上他們。

但是，計劃永遠趕不上變化。變化來得十分突然，讓我猝不及防。重案組竟然會有人懷疑到我，也許是因為重案組那人曾經翻查過學校的記錄。他追查到我的爺爺，所以追查到我。這是我沒有想到過的，但是這也是我的錯。

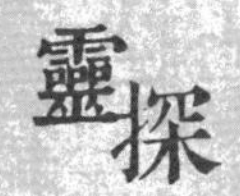

誰會想到我竟然會少算了這一個變數。那人還很天真地問了我對這件事情的觀點，還詢問了我爺爺的信息，從那一刻開始，我就知道我必須再次收起我的良心，往他的丹田部分狠狠的捅上了一刀。那一刀貫徹了他這個肚子，刀尖從背部伸了出來的時候佈滿了血絲。

可是，我萬萬沒想到他找到的那些證據竟然還發給了重案組負責人和他的夥伴。這個完全是我意料之外的事情。本來我也沒有打算殺他們的，為了我自己的名譽，只好讓他們遠離這個城市，讓他們辭去他們自己的職位。但是，為了以防萬一和因為現實總是充滿變數，我也只能再次違背自己的良心，把我的匕首無情地往他們丹田的部分捅了進去。

第二十八章：結束

頓時，那些記憶碎片重新變回了一個晶瑩剔透沒有裂縫的球形。那個球形慢慢地飛回到冥使的手中，冥使頓時手指發力，把那個圓球重新掐碎了。這一次那些記憶碎片沒有星羅棋布般地佈滿空中，而是變為了粉末，無聲無息地消失在空中。那些粉末就好像沒有存在於世界上一樣。這也許也就正好印證了幻間的規則 - 在幻間裡面死去的人，不會上天堂，也不會下地獄。在幻間死亡的結果只會變為一片虛無，就彷彿是那個人從來沒有在世界上存在過一樣。

這時，冥使緩慢地向我走來，那些步伐的聲音就好像是為著我的死亡倒數一般。他走過來時，我並沒有逃跑的打算。因為我知道我這一次恐怕是九死一生了。即使我有能力打贏冥使並且成功地回到現實世界，恐怕也活不久了。

上次我是完好無損地進入幻間，結果回到現實世界後變成了七竅流血之人。這次就更不用說了，我幾乎是死亡狀態進入幻間的。我能夠成功活著出去也不怎麼現實。

冥使已經來到了我的面前，他的偃月刀慢慢地升起並且架在我的脖子上。我知道他一用力，我的走馬燈劇場肯定也會馬上上映了。這時，我還在想我這一輩子我還有什麼放不下的，還有什麼理想還沒有完成的。恐怕在這個世界上，除了小慧以外，也沒有什麼事情知道我去擔心了。這時，我的腦子除了小慧以外，就是一片空白的景象了。也許，這時世界我根本沒有什麼事情值得牽掛的。

冥使再次地抬起了偃月刀，一股偃月刀的殺氣徘徊在我們的四周。

這一次，我知道冥使的的確確是來真的了。

等等，我還不能死！

正當他手起刀落的一剎那，我連忙用手擋住了他的刀刃。這時，我手上的血液想噴泉一樣迅速流下，這種傷口恐怕是怎麼止血也肯定止不了的。因為我想到幻間還有一條規則就是「等價交換」。在那時，我開始觸碰到那位老婦人的鐵鏈時，我就應該想到這一點。那條鐵鏈之所以會發燙，是因為我在用我自己的靈魂或陽壽在熔化那條鐵鏈，這也可能就是我七竅流血的原因。

雖然我不知道我的推理是否正確，但是現在我只能拼一拼自己的運氣了。這時，冥使好像是呆滯地看著我，然後就默默地轉身走開了。不知道他是不是知道了我的計劃，所以才走開。因為不管怎麼樣，我兩個結局都是死。對此，他可能也就不再管了吧。

****

在幻間裡面，由於沒有任何標記，我不知道怎麼才能往那位老婦人家走去。每當我往前走一步，前面的風景依舊和剛才沒有任何變化，前方是依舊是被白霧充斥著，變成白矇矇一片。除了還能依稀看見前面樹木的影子外，就什麼都看不見了。這種狀況對於我來說是十分危險的，因為我完全不知道冥使會不會改變他的想法，會不會突然從後面砍我一刀。因此，我還需小心翼翼地摸索著前方的道路，這無疑大大地減慢了我的前進速度

不知道過了多久，我終於看到了那一道久違的木門。那一道木門也許就是我死前走過最後的一道門了。對此，我的心情異常沉重。我邁著沉重的步伐進去了。裡面有三個人，分別是冥使，老婦人和她的孫子，對此我也不感到意外。老婦人看見我到來後，連忙把我往門外推，希望我

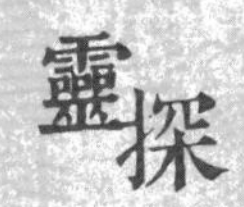

不要因為他們犧牲了自己的性命。我連忙拍了拍她佈滿皺紋的手，讓她不要擔心我。因為這一次決定我已經是考慮地非常徹底了。

我讓他們兩位先坐下，然後我就開始了熔斷鐵鏈的過程了。我的雙手觸碰到鐵鏈的時候，那一種炙熱的感覺充滿環繞在我的手中。那一種炙熱的感覺就好比我在握著一塊滾燙的鐵塊似的。但是在這時我完全不能縮回我的雙手，否則一切都要重新開始。我沒有那麼多機會重新開始，原因是因為熔斷這些鐵鏈無疑是在消耗我的靈魂。雖然鐵鏈可以恢復原狀，但是我的靈魂卻不能。

這一次，我只好頂著頭皮上了。當我握著那一條鐵鏈越久，那一種炙熱的感覺就會愈來愈強烈。從剛才想摸著一塊炙熱的鐵塊，現在簡直就是在摸著一個火球一樣。其實確切來說應該是摸著一個佈滿岩漿的鐵球。

對於這種狀況，我也不能保證我自己能夠堅持多久。因為我以前根本沒有做過任何意志力訓練。我現在才發現，以前的耐力跑訓練比起這個根本不能訓練什麼意志力。不一會兒，我的額頭和手臂充斥著數不勝數的微小汗點並一滴滴地往下掉。但是爲了拯救她們，我只能咬緊牙關地撐下去。

慶幸的是，老婦人的鐵鏈終於出現了一個微小的裂口。

太好了！好希望了！應該過不了多久，我應該就可以把這條看似不可能熔斷的鐵鏈熔斷。

即使還有一條老婦人孫子的鐵鏈等著我，但是我沒有對此感到恐懼，原因是那一條鐵鏈比老婦人的鐵鏈細很多。我猜那一條鐵鏈應該不需要多長時間就能夠熔斷。

過了一會兒，老婦人的鐵鏈終於被熔斷了。當鐵鏈落在地上的時候，發出了巨大的響聲。不知道老婦人等待了那一聲巨響多少年了。我會意地笑了笑，因為我的任務也幾乎完成了一半了。我看了看我的雙手，發現我的雙手已經是在冒黑煙的狀態，同時我的手也幾乎呈現半透明的狀態了。對此，我知道我從現在開始一定要捉緊時間了。

對於小孩子那一條鐵鏈容易得很多，因為我的雙手現在也幾乎沒有了任何知覺了。但是，當我觸碰小孩子的鐵鏈時間越長時，我的手也呈透明狀況越來越快了。我的精神也開始集中不了了，現在的我就好像處於一種恍恍惚惚的狀態。我眼前的開始變得越來越模糊，幾乎只能看見輪廓。我咬緊牙關叮囑著自己，這一次一定要努力集中謹慎，因為這一次是最後一次了。我閉上了眼睛，因為不知道為什麼眼睛看著的時候，彷彿時間就是變得慢了很多似的。

我在心中默默地祈禱著，希望時間快點過去吧！

終於，地上再次響起了第二聲響聲。

當我聽見第二聲響聲的時候，我毫不猶豫地躺在了地上，長長地噓了一口氣。剛才那因為剛才的過程實在過於耗費體力了。

這時，冥使拿著噬魂匕首走了過來。他走到我面前後，把噬魂匕首上面了寶石弄了下來砸在了地上。剎那間，整個房子煙霧瀰漫。稍等煙霧散去，我看見了一群人出現在了我的面前，站在前面的那三人，我熟悉得不能熟悉了。他們分別是，重案組負責人，前輩和那一位犧牲了的隊員。再次見到他們，我這時很想跑過去擁抱他們。現在的我實在是心有餘而立不足。

他們三人看到我時，連忙跑了過來，捉住我的手。他們沒有說任何話，只是用擔心的眼神靜靜地看著我。這個時刻也許就是無聲勝有聲的情景了。如果我的身體狀況允許的話，我希望可以再和他們說說話去做一次好好的道別。但是，我現在最想做的就是可以再次摸一摸小慧的臉龐。

這時，老婦人和小孩子也走了過來，靜靜地看著我。

他們五人都把手放在了我的心臟的位置。我沒有搞懂他們為什麼要這麼做。也就是他們知道我將不會存在於這個世上，對我最後的祝福吧。最後，連冥使也走了過來，用手捂住了我的眼睛。

我現在已經沒有任何恐懼了。恐懼在這一刻已經徹徹底底地被我征服了。可能這就是在死亡面前那一種無奈吧。

過了一會兒，有兩股暖流分別涌進了我的左眼和心臟，但是我的身體沒有感受到痛楚。在那時，我的身體只覺得溫熱，就好像是溫煦陽光溫柔地照我的身上。我的身體好像剛去完按摩店一般，身體非常放鬆舒服。這樣的感覺很難形容，是一種安逸舒適的感覺。這種感覺又好像是重新回到了童年，過著那一種無憂無慮的生活。

正當我想弄走冥使的雙手去看看什麼事情正在發生的時候，我才發現整個身體已經僵硬成石頭一樣，動也動不了。不管我怎麼使勁，身體還是動不了。

****

正當我醒來的時候，我發現自己穿著醫院的格子病服躺在了醫院的床上。我的左手插著那些我叫不出名字的醫療器材。如果我沒有記錯的話，那些應該是葡萄糖水和測試心率的機器。看著那個心率機器一跳一跳的，我感到放心了。

我心中默默地想：「應該算是無大礙了！終於能夠休

息一會兒了！」

當我想擦擦眼睛時，突然發現我的左眼被蓋上了厚厚的紗布。我突然也發現了我的左胸也被紗布包裹著。估計我的眼睛和心臟估計是受到了嚴重的創傷，但是幸好搶救過來了。

我現在才意識到有一位女生在我的牀邊睡下了。她的雙手撐著她的腦袋在牀邊貪婪地睡著覺期待著我醒來。那位女生並不是別人，而是我朝思暮想的人 - 小慧。

我輕輕地撫摸著她那些依偎在床上的頭髮，那些頭髮伴隨著一陣陣洗髮水的香味。她均勻的呼吸聲就好像是這個世界美妙的交響樂曲一般。這時，我不小心扯到了一束便把她弄醒了。她沒有因為我弄醒她而責怪我，而是迅速地緊緊擁抱了我。她告訴我，她已經在這裡等了七天了。她說著說著，眼淚就再也忍不住從那雙水汪汪的大眼睛蹦出來了。

小慧：「對不起！對不起！我真的對不起你，差點害死了你！」

我：「傻瓜！現在都已經過去了。沒事了！」

說完後，我緊緊地抱住了她，彷彿是彌補這個遲到了許久的擁抱。從抱上她那一剎那開始，我這輩子再也不想放手了。我不知道如果這次放手了，什麼時候再能抱上他。現在，這樣臉貼臉、心連心的擁抱，我實在等得太久了。

我們親暱一會兒後，她還告訴了我，這一件案件已經被高層確認這是一件懸案了。原因是警方高層不想任何人再次因為這件案件而丟去寶貴的生命了。警方高層已經向群眾宣佈了，警方在未來五十年裡無論任何理由絕對不會再次翻查這一起案件。

我想到，這一句話說出來，網絡上肯定會有很多相關的都市傳說產生吧。

小慧接著告訴我，我的身體狀況已經不是很樂觀了。就算是能恢復，以後的工作也肯定不能擔任警察這些需要大量體力勞動的工作了。主要是，我的心臟負荷能力已經遠遠大不如前了。況且，我的左眼已經失明了。再次擔任警察的話會有危險。

對於這些我自己身體的狀況，我沒有感到特別意外，因為我自己的身體狀況最清楚。從幻間回來已經算是撿回來一條命了，這些損傷已經是不幸中的萬幸了。但是，讓人匪夷所思的是，我竟然沒在幻間裡面死去。這一點我實在是感到太意外了。

突然，小慧遞給了我一面鏡子，讓我熟悉熟悉現在的

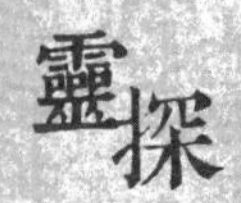

模樣。

我想：「還需要什麼適應的？我已經適應了好久了，難道那一位主治醫生還幫我整容了不成？」

結果我自己一看我的容貌，果然被嚇了一下。

我的天？！沒想到去了一次鬼門關，竟然會變成這副模樣！

我的頭髮已經不再是以前那一種黝黑的頭髮了，而是變成了花白的頭髮，與老年人的頭髮沒有什麼兩樣。我連忙拆開包著眼睛的紗布，竟然出現變化了。以前那一個褐色的瞳孔也變成了青色的瞳孔了。這一點太奇怪了。即使我的眼睛失明了，為什麼我的瞳孔還會變成一種那麼奇怪的顏色 - 青色？而且那一隻眼睛時不時地還伴有劇烈的疼痛感。即使我告訴醫生，醫生也告訴我那是心裡作用，他已經檢查了很多遍了，絕對沒有任何問題。

難道這些都只是我的心理作用嗎？

****

趁著小慧出去幫我補充日用品的時候，我趕緊穿上我原來的衣服，頭也不回地往幽靈小巷跑去。那時，我希望盲公能夠給我這些問題找到答案。不然的話，我知道那些問題會老是出現在我的大腦中，是不是出來打擾我。

到了幽靈小巷後，我找到了盲公。

盲公：「小伙你來了？咦？你的氣息怎麼夾雜著一些別的東西？」

我和盲公說明情況後，他面上沒有了任何表情，而是意味深長地歎了一口氣。

他告訴我，我之所以可以從幻間回來是因為有那五位人士的幫助。如果沒有那五位人士的幫助，我絕對回不來現實世界的。他們那五人是用他們來生的歲數來換取我靈魂的完整。而冥使是用他自己的生命來換取我的眼睛。因為當我拯救了老婦人和小孩子的時候，冥使就沒有任何作用了。因為冥使的作用就是用來看守那些關押在幻間的靈魂。

盲公：「你是不是沒有想到冥使會挑衅那位上司，而沒攻擊你？」

我撓了撓頭：「是的！這我也覺得太奇怪了。」

盲公：「祖輩造的孽，還是要還的。即使祖輩死了，但是孽還在！那些孽只能子孫輩還了！如果你被一個人關在一個地方十幾二十年，你也會找那一個人或他的子孫報仇，更何況冥使被關在那個地方那麼多年。這也只是人之常情罷了！」

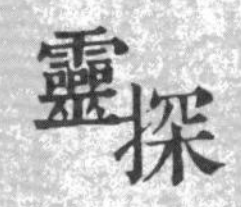

我：「那明明冥使救了我的眼睛，爲什麼我的眼睛還是瞎了？」

盲公笑了笑：「你這隻眼睛是寶！你這隻眼睛不會看得見現實世界的東西。在現實世界中，你這隻眼睛就是瞎了。但是，你這隻眼睛卻能看見充滿陰氣的東西，綠色瞳孔的眼睛從來都不是人類擁有的，因為這根本就是一隻鬼眼。當你感到疼痛的時候，說明這隻眼睛正在開眼。你現在不用害怕！命運中總會有它的安排！不是你找上了這隻眼睛，而是這隻眼睛找上了你！」

故事完

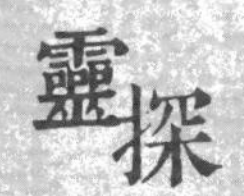

後序

這本小說寫於二〇一七年的暑假，也就是準備上大學的那一個暑假。在那兩個月，我每天要求自己寫大概一千五百字數至兩千字，爭取自己能夠真正地完成一本小說，完成一個屬於自己的故事。但是，當年完成此本小說的時候，我發現此本小說的文字和情節尚有沙石。於是，我就把此本作品放在了一旁。希望等自己的文學觸覺有進步的時候，再去慢慢修改。

誰知道，再去修改的時候，我已經是一位快要大學畢業的學生了。因此，我定下決心認真修改此作品後出版，作爲自己的畢業禮物。

在此，我十分感謝馬老師對本人作品的建議，讓此作品更上一層樓。馬老師對本人的文學之路的幫助非常大，他的鼓勵激勵了我這位商科學生在文學上的創作。如果沒有他的鼓勵，恐怕此本作品只會長封於電腦中。

再者，我想謝謝我的女朋友 -Mary Fan，她不僅僅是我生活中的開心果，更是我的避風港。

最後，謝謝我的家人對我的關愛！

艾安

2021 年 6 月 26 日

作　　　者	艾安
書　　　名	靈探
出　　　版	超媒體出版有限公司
地　　　址	荃灣柴灣角街 34-36 號萬達來工業中心 21 樓 02 室
出版計劃查詢	（852）3596 4296
電　　　郵	info@easy-publish.org
網　　　址	http://www.easy-publish.org
香港總經銷	聯合新零售（香港）有限公司
出版日期	2021 年 12 月
圖書分類	靈異故事
國際書號	978-988-8778-37-9
定　　　價	HK$88

Printed and Published in Hong Kong